Ripple·.

Create ◐ Curate All Things Beautiful

Ripple is a timely & timeless movement of
like-minded people seeking &
sharing all things beautiful

在生活美學的圓心感染他人

成為美的漣漪

Let's be a Ripple of Bliss . Love . Beauty

發現美的眼睛

Eyes that Seek Beauty

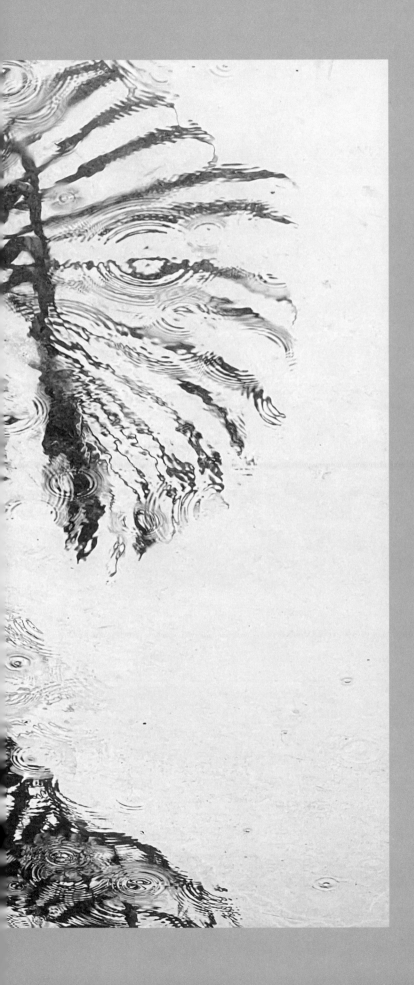

愛生愛　美生美

Love breeds Love
Beauty breeds Beauty

Let's be a ripple of beauty & love
spreading all things beautiful
all over the world!

漣
漪
Ripple·.

美 生 活 手 帖
Create ◎ Curate All Things Beautiful

卷
一

種籽開花

初心　成為美的漣漪

卷
二

美的邀約

飛翔的種籽　梅卓燕的千言萬語

卷
三

美的日課

食 —

走進日本料理人家
餐桌上的詩人　劉韻棋

器 —

與器物相遇　東方琉璃
器物的溫度　常常集品

花 —

花遊樂手帖　季節花境
季節花　油菜花　鈴蘭　荷花

1
4

2
3

4
1

4
8

5
5

6
0

6
5

7
4

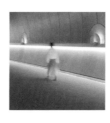

生活美學空間

卷五

以心觀形

邱君豪 —— 爵士樂　情感與美的恣意流動
劉雁 —— 瑜伽之心
素黑 —— 掃地　造美　在生活中看見美好
香港遺美 —— 攝影之心

卷四

草木春秋

人間好時節
種籽　在無聲中開花

旅 ——
心的旅程　滋養自己的一年

以絲線記下流動的四季　真木千秋
以真心與自然做交換器象
植物染　從自然借來的顏色

衣 ——

茶 ——
茶人的四季
謝小曼　放慢　讓美回歸生活

7　8
9　8

9　9　1
5　7　0
　　　2

1
0
5

1　1
1　1
6　8

1　1　1　1
2　2　3　3
2　6　8　2

1
3
4

種籽開花

初心成為美的漣漪

「天地有大美而不言
美無所不在」

漣漪的流動
是潤物無聲的溫柔力量
《漣漪》
希望在生活美學的圓心感染他人
「尋覓美 分享美 連結美」
喚起對美的嚮往

All things beautiful starts with a small pebble...
rippling waves...
creating & curating things that
bring out the best simple pleasures of life!

Every creative person has a second date of birth,
and one which is more important than the first:
that on which he discovers what his true vocation is.

Brassaï

文 / 關琬潼
攝 / 關琬潼　Charlotte Lam

生活中，細微的美好日常總是潤物細無聲地滋潤著我。好像，每天早上挑選對心的杯子喝一杯茶、合適的花器放上時令鮮花、讀一段喜歡的文字以投入新的一天⋯⋯每個小細節也是對美的嚮往，是滋潤自己的養分。

總有人問我：「美在你生命的價值和存在意義是什麼？」小時候沒有富足的生活環境，但卻有很強烈的信念是自己可創造所嚮往的生活。對美是如天性般嚮往。生活是用來成就人生使命，而我的使命就是以不同創作，好像是品牌、文字、影像，尋覓美、分享美，以美滋養生活。

人總是忙著趕路而忘記欣賞沿途風景。生之享受包括許多：花草、枝葉、雲霞、漣漪，還有衣、食、茶、器、情、旅、對話⋯⋯是豐富多彩的生命體驗。

「生活美學」可喚醒六感，是有很深感情的吸引力和更整全的意識，滋潤我們的感覺、情感和想像。讓我們在現實世界保持樸實、真摯、純粹。在向前奔跑的路上，保持對生命的熱情和嚮往。

這是我們創作《漣漪》的初心 —— 成為「美的漣漪人」，在生活美學的圓心感染他人，「尋覓美　分享美　連結美」，成為改變的可能。在美的世界探尋精神沃土，記錄美學家、生活家，分享生活日常，探訪以美和善為初衷的品牌、汲取美的養分和力量。

沒有一朵花，從開始就是盛放的。生命是由種籽開始、有陽光、雨露去滋養，萌芽、半開以至綻放。想想，一切美好的事物也如是。好像是，桌上的料理、器物、架上的書、一齣舞劇、一個空間⋯⋯能夠感動人心的，也是用許多的真誠去耕耘。我希望，漣漪可以連結美好的人、事、物、空間。在一切求快的時代，《漣漪》作為獨特媒介，是「紙本的生活美學空間」，創造持久的視覺、文字內容，賦予主題新的意義。每期就好像一個「策展」，我們在美的專題間漫遊，把微縮的世界多元呈現，以不同的美學視角觀看世界。邀請你在書頁間，以看展的心情，欣賞每位生活家的故事和分享。

我希望《漣漪》可在香港和華文領域有美的角色，成為美生活的靈感泉源。以東方美學觀描繪有海拔的山、有色彩的植物、有波紋的池塘、有愛的生活。盼望未來彼此在這條旅途中相遇，交織出詩意美好生活的可能。願愛、美、善的種籽溫柔地綻放。

2024
春

《漣漪》的寫作完成後，櫻花盛開的四月，我又到日本滋賀縣「美秀美術館」MIHO Museum走一趟。十年前的秋天，第一次在這裡，記得感動得發呆。創辦人小山美秀子的一句「The heart that seeks beauty」，一直放在心裡。我記得，那時為了帶走MIHO美好的回憶，買了書、音樂CD，太多想要了，那時的我，旅行沒有很多的預算，就只好選其中部分。這次，我終把上次沒帶走的CD、書本帶回家。是非常深刻的感受，想起自己對美的追求從沒改變，想起尋覓美的歷程中，轉眼又十年，所念所思所想，只要是真誠真意，終可到達。《漣漪》手帖，感覺是用了一生去為這個作準備。

回想過去，感覺在用整個人生去尋覓美和愛，然後以不同的創作去分享，而《漣漪》是連結，連結人與人、人與自然、人與物。

春天，種籽萌芽，是煥新的時候，代表新生，是展開新計劃的美好時刻。我希望一直保持春天的心境和信念，常懷初心，擁有滿滿的活力，去創造美好。讓自己在種籽的狀態，吸收泥土的養分，開展新旅程。每個作品，也是創作者自我誕生的過程。

《漣漪》，讓我凝聚飽滿的能量，好好看內心，讓美的一切生生不息。

貝聿銘設計的 「美秀美術館」
2024 春
沿著櫻花步道
穿過隧道
尋覓美・感受美

種 籽
開 花

大自然的植物由種籽萌芽至開花結果。創刊以「種籽開花」為題，喻意《漣漪》的夢想種籽萌芽、灌溉而至開花的過程。也邀請生活家分享各自耕耘美好生活和夢想的初心、故事。

漣
漪

喜歡在不同國家捕捉漣漪的影像，那無聲的流動是溫柔的力量。我希望《漣漪》是一本溫柔的書。

文學家木心先生説：「沒有審美是最大的絕症，知識也救不了你。」為什麼這樣？因為美是無處不在，是最好的滋養。你的感官快樂，心靈和身體也快樂。我希望溫柔地與不同人連結、喚醒大家對美的嚮往，感知生活及大自然造物之美。

而美學的分享和精神養分就像一顆被投擲到水面的石子，激起的漣漪雖小，但水面所泛起的波紋，由內而外擴散，情感程度越深，波動幅度越大，擴圈越多，這對我們彌足珍貴。**我們希望立足生活美學的圓心感染他人，成為分享愛和美的漣漪人。**

視　東
覺　方

東方思想和美學一直深深打動我。那為生活而藝術，重視人與自然和諧的關係。大自然是我的靈感泉源，對那豐富的饋贈，深深感恩。我們感受季節的能量，依著自然過生活。

東方美學那質樸、包容、留白、低調、靜雅的氣質是我所追求的美學意識。在美的視角下，有深刻的內涵。我願意持久的學習、尋覓、分享。

對話

《漣漪》，沒有必然要怎樣做的想法，是邊走邊隨心地流動。好像，不知不覺展開了許多的對話。或許，本來是一個訪問，但對談的過程中，慢慢有了許多共鳴、思想的交流。我更想，把一切如實記錄，連結大家對美的嚮往。

調色盤

《漣漪》的元素，也因一些想法而存在！好像顏色，我說：「我希望顏色也是表達我們理念、期望的方式」，讀了許多東方古色之美、和風色系，知道顏色背後的故事後，有了我們的調色盤。

 藕荷 - 低調內斂
溫柔、安靜的顏色
如《漣漪》給人的感覺

 退紅 - 半新半舊
微妙溫柔的古時色
如心難以言喻的情感

 天水碧
天光水色，表現自然靈秀
與自然共生

 裏葉 - 悄然之美
葉子背面的顏色
從不同角度欣賞萬物之美

一年兩刊

以季節為序 —— 春夏 秋冬

像農民般因循東方自然節氣做手帖。一年有兩次收穫季節，春夏刊和秋冬刊。好的創作也依時間沉澱和靜待自然生長。

籌備《漣漪》的過程也如種地，從一年之初春天開始播種、培土、耕地，希望有好的土壤，讓種籽得到充分滋養，生根發芽，如花綻放。

心
流

美國藝術家Maira Kalman説：
**「這世上，能保護你免於悲傷、失去生命動力的，
就是工作與愛。」**

近半年，也在全情投入新企劃中，回復了初初創業時那
埋頭苦幹完全沉醉其中的感覺。因為《漣漪》，一切也
成了尋覓、連結美的方式，結合生活、工作和愛。結果
如何也好，那心流的狀態已給我滿滿的回饋和感動！

《漣漪》是許多美好的人、事、物的共創。
「生活美學空間」的小團隊一直是我最暖心的陪伴。
還有感謝一直支持我，那沒有一點猶豫
而答應幫忙、寫稿、分享的她、他、她⋯⋯

深深感恩。

Welcome to join our all-things-beautiful movement
to share, seek & connect!
Let's count our blessings everyday of the year.
Celebrate life of all seasons.

美的邀約

「愛生愛 美生美」

美好事物的投射
就像水面泛起的波紋
從內而外擴散
情感程度越深，擴圈越多

我們邀請對愛和美嚮往的他或她
交流美的故事
分享美的觀點

梅卓燕

國際知名編舞家｜創作舞蹈家｜藝術總監
由早年接受中國古典舞及民族舞訓練
至遠赴紐約習現代舞
創作遊走於「傳統與現代、東方與西方」

飛
翔
的
種
籽

梅 卓 燕 　的　千 言 萬 語

攝 / Uranus Wu　楊晴琳
部分相片由梅卓燕提供

一個人的志趣和深情相遇，是很美好的福氣。人與人是相連的，看著他人生命中因熱愛的事所散發的光，你會受感染，對生命投入更多的愛。梅卓燕老師是我一直非常喜歡和欣賞的舞蹈藝術家。她以編舞打開內在的情感世界，也在舞蹈中修行，通過舞蹈看生命、看世界、看自身。她說：「假如每個人也跳舞，這個世界就會很美好。」

有幸和老師深入地交流，和她的對話，感覺也是靈魂的共舞。

對話

/ **關琬潼**　梅卓燕

更需要可深情地用一生去做好的事

世界變化越來越快

世界變化越來越快，更需要可深情地用一生去做好的事。那全情投入的力量非常動人。於我而言是生活美學，那為我的生命帶來改變。對老師來說，那是舞蹈吧。此刻，舞蹈對你的意義是什麼？

到了這刻，也是時候想一想了。我今年踏入65歲，如果用正常職業來說，已是退休的時候。很幸運，這個職業也是我的興趣，不存在退休這回事。我20歲入行，一直在舞蹈裡。此刻，舞蹈的目標已不像早期，希望成為舞台上最吸引的一個，或在編舞裡很突出。過了20歲的階段，到了30、40、50歲，你會發現最好的觀眾是自己。你先要吸引自己。吸引自己的意思是，你要很comfortable地做自己，接受年齡帶來的變化，接受不完美。你會發現，生命中會有挫折，但已不會把你擊沉，因為這些經驗給予你學習的機會。

也豐富了你的創作吧！

是的，那豐富了我對一件事的體會。從前沒有從這個角度思考，經歷了一些事後，對事情的眼界不一樣，在編舞上來說，編出來的角度就更多。

說起年齡帶來的啓發。我想起小時候很喜歡跳中國舞，但因為我個子比較小，老師跟我說，雖然你很喜歡很勤力，但身形不適合跳舞。但我覺得，不要緊，這是我喜歡的事。所以我一直跳舞。芭蕾舞、中國舞、民族舞……能跳便會去跳。到了一個階段，我已經沒有了做事情要得到什麼結果的想法，而是享受當下一刻。不管舞蹈屬不屬於我，這也是我享受的事。

後來我記起，很久以前看佛蘭明哥舞，印象很深刻，所以又去上課了。很奇怪，自從跳佛蘭明哥舞後，最打動我的是舞者到60、70歲的時候。不一定有美麗的身形，但他們跳出來的情緒表達，很能打動我的心。我們經常想，舞者身形必須很美、高佻，這是一種美，但另一種美是他們的內在靈魂，好像是人生經歷、對舞蹈的感覺，或從舞蹈帶給別人的感染力。之後我想，舞蹈的美是多樣的。小時候覺得，舞蹈中的姿態動作很美，所以舞蹈很美；長大後覺得舞蹈的美，是舞者表達內在的真誠。我覺得真誠很重要，當我看到60、70歲的舞者，很自然地去舒展、跳舞，我便會起雞皮疙瘩。

我有時也會看到一些影片，年紀很大的佛蘭明哥舞者，雖然身形比較豐滿，但無礙你欣賞他的美。雖然我聽不懂歌詞的意思，但那個神情和狀態，很有故事，很引人入勝。

很真誠。就好像他的舞蹈在反映內心、經歷過的事。這一刻我覺得舞蹈的美是表達真誠、表達情感，不論他的形體如何。

我覺得跳舞尤其明顯，因為我們用身體動作。若用了心，會很不一樣。就好像做一頓飯，即使材料一樣，但有沒有用心，結果也不一樣。你先要吸引自己。吸引自己的意思是，你要很comfortable地做自己，接受年齡帶來的變化，接受不完美。

我小時候就很喜歡研究身心靈，覺得心的能量很重要。我經常跟廚師說，若用心做菜，客人真的能感受到。試著用熱愛的方式工作，不要覺得已做了100次就沒意思，對每一個第一次吃你做菜的人都很有意思。我現在還會親自裝飾結婚蛋糕。同事問我，你已經做過數百個蛋糕，為什麼每次還是那麼興奮？

我說，客人一生一次的事，選擇了我們，這是很有意義的事，每次也是一期一會。舞蹈也是這樣吧？

舞蹈也是一樣。若手腳在擺動，但心不知去哪，與你隨音樂擺動是兩件事。又或是老師會叫我們感覺擺動手的時候，想像在水中、在沙裡，已經會很不一樣。當下有一個Connection，即使不是真的在水中，你也會感受到，進入了一個狀態。

舉例說插花，我記得有年又一山人請了日本寶珠老師，她的專注，一進來在佛面前，然後看著材料，再去想要如何剪，下一步驟是什麼，不是像隨意插花，而是每個步驟也有連結，非常美。後來我想，因為插花也是動態，如何手執鮮花、如何修剪、如何取工具。她一上來，把工具排開，已經美得不得了。

我學書法時，老師說寫書法，可以想像跳舞的感覺，可能氣息會不一樣。但有時我會想，我們經常說舞蹈的美、跳舞的氣息，就像從前學中國舞，經常聽說要氣韻，其實這都是抽象的東西，那我們應如何理解？寫書法要氣息、跳舞也要氣息。我也說不出來那是什麼，只能感受。

我想分享一個經驗。很多年前，我做了一個書法作品。起源是因為那時候很喜歡跳長袖舞，覺得這布在空中有很多線條，好像書法。所以想以一個書法為靈感的編舞，用白色的絲綢，漸染墨，做出墨的線條。但最關鍵的不是外形上，而是我會在練習前，看草書、看懷素的書法。

一直看，你已不會覺得那是文字，而是好像有人的動態，他當時的心情、呼吸，那些便是氣。雖然已跟創作時期好像相隔多年，但你可感受到那種生命力，就像他就坐在面前。他寫的時候不管是喝了酒，或是有種豪情，他那直抒胸臆，與手、與心、與自己連結。世間上的所有東西，去到最高境界也是如此。

只需要心在此時此刻
忘記從前學過的
要在當下

想起我學書法時，從臨帖掌握好基礎後，就想有自己有風格。跳舞也是吧，到了一刻，會想以舞蹈表達自己。感到這過程是會有個轉捩點的。老師記得你經歷這過程的一刻是怎樣的嗎？

我一直學中國舞，有次到紐約學現代舞，當時上的課是有關即興。我以為即興就只是即興跳，原來不是。我們在台上練習時，老師會給我們一個概念，我就不知所措了。為什麼會這樣呢？雖然跳了很久的舞，後來我分析，是因為我找不到當下的連結。走上台後感到害怕，害怕跳不到老師說的。當你批評自己對錯，已是很大的障礙。

那是一直在用頭腦分析啊……

是的，而且阻礙自己在當下。只需要心在此時此刻，忘記美醜，忘記從前學過的。要在當下，跟老師給你的音樂和想像溝通，就是回到剛才說的——在水裡跳舞，想像在水中跳舞那流動的感覺，穿越海浪、平靜的海水、瀑布的水，與這些連結，這時的你就是最美的狀態，你已忘記自己跳得美不美，忘記對錯。

所以還是如何找到自在的心。說來容易，但繞了一圈才會明白。這和年紀無關，真的要領悟。

真的要不停嘗試，因為最初可能投入了，又分神了，投入了，又分神了，慢慢就能投入更久，去到每件事你也能夠立刻把自己放到當下，把多餘的思緒放下。

這給我很大啟發。我是完美主義的人，從小到大對自己要求很高，書法也好，跳舞也罷，我覺得不完美就不能創作，這給了自己很多限制。佛蘭明哥讓我改變了。我從小也不會上台表演，朗誦也不。但去年，是第一次上台跳佛蘭明哥。這是我給自己的功課，我覺得我必須克服。事前當然會緊張，我希望做的事情會完美。之後老師說並沒有完美，老師上台還是會出錯，也有不足。那好吧，我就當去派對，去投入。那次後，便愛上了，很享受，甚至不記得旁邊有什麼人。

就是那個狀態。

我覺得很奇怪，為什麼會那樣開心。

因為當你在那狀態，你是高度集中，邊聽音樂，到這裡做這個動作，和其他人是怎樣，台上怎樣走，也是沒有分神的狀態。因為你是完全處於當下，進入了「心流」的狀態。

就是心流這個字，跳舞就是有個心流狀態。這段時間我在做手帖的事，寫稿、攝影、看資料，就是在心流狀態，很感動。日常太多困擾，這種感覺很久違。所以自從上過兩次台，每次跳舞，我已不擔心我做得好不好，享受當下就好。

我發覺很有趣，只要在那狀態，做出來的事情一定是好的。若是擔心，希望可以做得更完美，是沒辦法的，只需要專注就好。即使跳錯了，也沒有人會察覺。就像我們剛才說的上了年紀的佛蘭明哥舞者，你覺得他們每個舞步也絲毫不差嗎？我相信不是。但當舞步充滿情緒，便美得不得了。

找到那個狀態，解開了我一直不敢上台的心態，連帶所有東西也變得自在。有人問為什麼我在拍攝時那麼放鬆自在，是不是因為我經常被拍攝、訪問？不是的，因為我已忘記我需不需要被拍得很美，忘記我需不需要完美，當下用心享受就很美好。

通常世俗對於美有特定標準，眼耳口鼻的模樣，其實不是這樣。70歲的佛蘭明哥舞者也很美。可能有人說他們滿面皺紋、有肚子，但沒關係，他們一出來的狀態就很有魅力。有時候，當人沒有進入這個狀態，很難說出這個狀態是什麼。如果人能從小在音樂、舞蹈或其他興趣中沉浸，達到這個狀態，我相信世界會美很多。

老師你這樣說對我有很大啟發。朋友們都說看我平常的樣子和言行舉止，怎可能會喜歡上佛蘭明哥？

其實我完全可以理解，你小時候喜歡跳中國舞，但因為你現在的狀態，是一個很獨立很勇敢很堅強的女性，所以你會喜歡佛蘭明哥，有關係的。

是的，我現在是這個狀態，很願意展現內在的自己。

小時候我有什麼不快樂也放在心，卡著在喉嚨。此刻我更能表達自己的想法。我想這就是為什麼佛蘭明哥吸引我。我很嚮往成為那樣的狀態。想起可一直跳到80歲，就感到好幸福。

很愛表達很獨立。跳佛蘭明哥舞的女人都很美。我很喜歡香港的作家黃碧雲，她也跳佛蘭明哥。我們大概在80年代已認識。後來朋友間談到，黃碧雲去了西班牙，學佛蘭明哥。完全不出奇，如果你讀她寫的書，由她20幾歲到現在的狀態，她一定會喜歡佛蘭明哥的。如果她要選一種的舞蹈，她不會選芭蕾舞，很拘謹；也不會選中國舞那種委婉內斂的。她很獨立很勇敢，所以她愛佛蘭明哥。

所以我真的很開心，愛上佛蘭明哥後完全是新的世界，對我的創作和各方面也很大影響，就是因為舞蹈。

我起初看佛蘭明哥覺得很感動，但不明所以，現在聽到你這樣說，覺得就是這樣了。

別人看此刻的我和美在一起,總以為我從小的家庭環境很好,很受栽培,有很多機會接觸美的事物,所以才懂得什麼是美,才可創立品牌和過好生活。我反而很想帶出一個訊息,我小時候的生活環境不太好,父母也為生活忙碌,但不知為什麼小時候已經懂得找美的東西,好像望上天,覺得雲朵很美。到現在還是有那樣的童真。上次在九龍城看到一隻小老鼠,我笑說好像電兔,然後哈哈大笑。在旁的朋友說,怎麼我經歷那麼多以後,還那麼有童真?我覺得這就是從小到大,我在內心所建立的世界,嚮往的美好,我很喜歡莊子的一句話:「天地有大美而不言」。美是無處不在,要自己發掘,培養發現美的眼睛,可以是跳舞或日常,或只是望向天空也很美。

你說起望向天空,我們在禪學院內,又一山人帶了一個攝影工作坊。他給同學一塊紙板,大家拿著手機,走出外面,拍下太陽下的影子。影子是很美的,平常不會留意,一留意,原來世界到處都是美。

你說起這個,我早幾天在寫書。寫到一篇文章,說每天起床,會先看飯廳牆上外面陽光照進來的光影,有時我會在前面放一個器物或插花,讓每天的光影也像一幅畫,那讓我每清早也充滿美。從前的人看影子知道時間,我覺得這樣很浪漫。

你說這個真的是太好了,就是我們用什麼心態去看一件事。什麼是浪漫,浪漫就是心態。

影子比實物更美。因為我很喜歡攝影,現在每天也會拍影子。

你將來要做一個展覽分享呢。你對美的感悟是天生的。一個小朋友,也不需要被家人影響,但你自己找到美的世界,是天生的。

我也非常感恩。不管遇到什麼,我也很快樂。當然也會有不開心的時候,但很快會重拾快樂。令我快樂的是很小的事。

一生中沒有痛苦是不可能的,我們也會經歷高低起跌,但我想起聖嚴法師說過的話,那時候他生病,他的徒弟問:「師父你痛嗎?」他回答很痛,每天也很痛,但我不苦。就像叮一聲。痛,但不苦。

痛是肉體,苦不苦是心態。

因為你不跟著進去。有些人就是很痛或者很不開心的時候,他跟著進去。於是由很小的痛,變成更大的痛。

常常被問到如何找靈感，或許是因為我一直是比較敏感的人，覺得靈感如美般，也是無處不在的，刻意去想其實更難。老師一直在跳舞編舞，也需要很多靈感，你是不是從小就是心思很敏感的人？

我小時候，在內地出生，出生到小學也不是很好的狀態。我和弟弟很小的時候已經要自己生活，物資是非常貧乏的。但我又回想，當時也大概和你差不多，自己在街上玩，自得其樂。因為小朋友不用上學，都走到街上撿石頭、看到什麼就自己造東西玩。從前也沒有說可以學琴、學跳舞，但我記得曾經請求爸爸給我買一雙芭蕾舞鞋，但那是沒可能買的。我也有跟家人說想彈琴，但沒有這個機會。生活的匱乏無阻活得快樂。小時候我很喜歡一班小朋友一起，玩這個玩那個，你做這我做那，就是一個下午。後來和家人來到香港，便開始學跳舞。中學畢業後很幸運加入了舞蹈團，在舞團十年後離開成為獨立舞者，再繼續了二十年，所以舞蹈生涯持續了三十年。我會看到我的人生，由20歲開始，下半生也很幸運地和美的東西連繫，很有福氣。

或許你懂得尋找美好的敏感是天生的，否則也會因環境變得鬱鬱不歡。

可能會責怪家人、環境。但不是，而是刺激了另外一些東西。

否則可能會被父母灌輸另外一種東西，而非自己發現。

是的，我記得小時候是玩糖紙。吃完一顆糖，然後找一支筆把包裝紙壓平，然後儲起來。比如我們看到書，如果有圖案，我們便會拿刀刻。所以我小時候很喜歡刻紙。長大後雖然沒有再刻紙，看到這些構圖便會很觸動。那些是不用錢的，只要那個圖案有陰影就可以玩。

生活是藝術。我覺得東方藝術，是為生活而藝術，而非為藝術而藝術，所以一直以來東方藝術和美學也很吸引我。所以就學中國舞了。老師開始跳舞的時候也是舞蹈的美吸引了你嗎？

小時候很瘋狂，太婆會帶我看粵劇，我喜歡那些戲服，因為戲曲的衣著很美，有很多裝飾，小時候很想穿上。

通常美的衣服是引發點，所以想跳那個舞。

這是一個缺口，可以通往另一個世界。後來我也發覺小朋友喜歡什麼，也不要批評他，反而要鼓勵他。那東西吸引他，是一個缺口。因為他喜歡那東西，才能從那個缺口滲進去。

你一直在跳中國舞，是特別喜歡東方美學嗎？

是的，兩種東西是相連的，比如跳中國舞，身體運動的方式，比如立圓。一旦吸納了這種線條，便會影響你生活中的視覺。在生活中看到流線型的事物，便會有親切感。

女性不同階段有不同的美

但怎樣也要有一種很自在的狀態

我一直也喜歡東方美學。比如做設計我喜歡留白，這是很東方的美學觀。我想很多事都是潛移默化的。我小時候學中國舞是因為很喜歡東方女性的柔美內斂。所以很多事也是互相牽引的。我早前很想看老師的《金大班最後一夜》，太美了。舞者很嫵媚又有點滄桑，老師覺得女性的美是怎樣？是不同階段不同的美嗎？

你說得很對，女性不同階段有不同的美，但怎樣也要有一種很自在的狀態，不是很多很有意識的外在規範，我要怎走怎坐，而是自然流露。美的狀態是能不能與自己、與環境連結，從而表達出來的行為舉止。如果可以做到就很美了。

近來流行說女性的美要有鬆弛感。很多時候覺得我要怎樣才美，頭髮要怎樣，坐姿要怎樣，手要放哪裡，但這樣沒法鬆弛。一個人很自在很放鬆的時候最自在，也是內在的自信。

《金大班最後一夜》的人物有一種特質，就是她們都很勇敢。很勇敢的意思包括很勇敢地想一些平常人不會有的想法，很勇敢地接受身邊發生的事而做出反應。

未必真的要做一些反抗，未必是激烈的行動，但對那件事有意識，而不只是漠然接受。很追隨自己的心，是洞察力很強的特質。

所以談到女性魅力，還在於內在特質。

她要很乾乾淨淨清清楚楚。就算外在不是一個很乾淨的環境，但她清楚自身，已經很美。

其實這樣最難，比好好打扮難太多了。

打扮是加法，例如坐要怎樣坐，但這個不是，這個是在造化自然，出來就是這樣。

現在說的美的狀態，不是眼耳口鼻的外在，而是遇到不同事情的反應。順境很容易，但逆境時你是否還能保持這個狀態，這是一生的功課，所以我好欣賞年長女性散發出來那種安定自在很有氣質的美。這讓我很開心。小時候總怕老，因為給灌輸40、50歲便是老，但我現在覺得美是在於你生活在什麼狀態，而人也好像大自然，生生不息。每刻我也有想做的事讓自己滿是生命力。

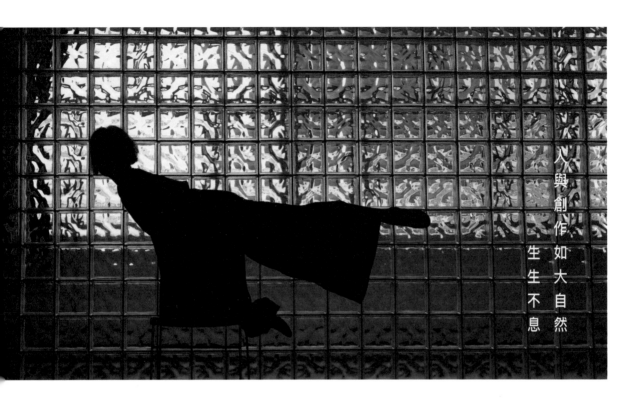

人與創作如大自然生生不息

其實創作也是生生不息的，這件事也令我很開心，因為創作時，會不知不覺放入某種價值觀。每次從零開始，無論上一次編了什麼，成功與否，今次與上次一點關係也沒有。不要想著上次有什麼今次可以重用，千萬不要，一點關係也沒有。今次要從零開始，從此時此刻去連結。

有時候是不是會突然叮一聲想表達某東西？會不會很多時候都是這樣，而非用腦袋想下一個計劃是什麼？

通常是突然想起的。保持覺察，什麼也逃不過你的眼睛，讓自己處於這個狀態，就會有許多靈感。有次我在做麵包，突然發現錫紙很美，就用手捏成一個雕塑。第二天，立刻跑到超市去買幾卷錫紙，鋪在studio裡，非常璀璨奪目。後來因環保問題，所以不想再做了。

說起從小喜歡舞蹈讓我自得其樂，我感到那是自然而然的事。但這是一個很多人覺得不屬於他們的能力。我想起你的一個訪問，說手可以跳舞，眼睛也可以跳舞，我聽了就覺得很可愛。所以，當很多人說自己不屬於舞蹈時，你會跟他們說什麼？

我會問：你經歷開心的時候會怎樣？你會高興得手舞足蹈，這已經是跳舞。譬如經歷傷心事情的時候，你會在什麼狀態？你會哭泣，感到心的痛，那也是舞蹈，因為那是身體的表達。我們從小到大都很自然地用身體表達。

好像嬰兒出生不久已懂得手舞足蹈。

是的，無法用言語表達的可用身體表達，是很自然的。

你現在仍然會教學，是不是想分享這個訊息？

現在所有的課堂，我也不會太集中教授某種技巧，我更多是希望透過舞蹈課啟發他們，比如活動身體的樂趣，活動後身體感覺舒服，自然會繼續去跳。

老師可説説現代舞嗎？你喜歡的東方美學，跳現代舞時，出來的效果會不同嗎？

這東西其實很奇怪。如果要説東西方的分別，其實其中的交流遠遠比我們想像的多。我去紐約的時候，我是學即興舞蹈，是其中一種後現代舞蹈。當我查閲這種舞蹈的早期資料，比如最早的老師為什麼會突然想到這樣的舞蹈，你會發現他們本身非常受到東方的影響。例如身體上，他們受印度瑜伽、日本合氣道、中國太極這些影響，他們也是在練習這些。更厲害的是，他們慢慢在概念上也有所轉變，比如他們在舞蹈上是即興。即興的意思，不是從形式開始，而是從內在開始，從而顯現一種形式。所以一直在説的是當下、當下是怎樣。其實這件事很佛學。一切無法處於過去或未來，因為過去已過去，而未來未發生，所以永遠只能在現在的狀態。換句話説，世界是一體的。我的老師全部是西方人，為什麼突然對東方的東西有興趣呢？舞蹈的誕生可追溯到世紀初，1920年代，他們已經有受東方影響，所以很早以前東西方已有交流。

會不會在信佛之後令你對舞蹈有不同看法？

會的。佛教怎樣看人生、看世界、看時間、看空間，好像印證了我在舞蹈中學到的東西，比如當下。如何把舞跳好，如何享受，就是你的當下，隨音樂、感覺，不用想跳得對與錯，是需要跟著感覺練習。這就是當下。

我們泡茶的一期一會，也是這個狀態，就是覺察當下。

是的，是想讓自己經驗這個狀態。這又回到起始了，不論是泡茶、書法、跳舞、插花也好，先讓人進入這個狀態，讓他喜歡，再一直追尋、專注、學習、建立，大家也在爬山，最後便會登上山頂。

我想起雖然我很喜歡中國茶，但此刻在我的茶室，西方茶、香草茶也有，就是先讓客人喜歡上茶，先入門，慢慢便會喜歡上中國茶，或者茶美學。我覺得也像你剛説的，先在當下去投入、先入門。

是的。別人進來，喝上一口茶，覺得舒服，下次便會追尋更多。

我在舞蹈中學到的東西，比如當下

佛教怎樣看人生、看世界、看時間、看空間，好像印證了

當初為手帖想名字，我想起《漣漪》，是想把美放在圓心，讓美滲透出去。希望多些人一起在圓心內，把美的訊息擴散開去。這是我現在的夢想。老師還有夢想嗎？

談不上夢想，有些東西可能會覺得很遠，達不到的，慢慢發覺那些很遠的東西，當你到達的時候，和你現在是一樣的。

好像聽過一個故事，有漁夫說要努力工作賺很多錢，想到時有空去看海，然後有人說，你現在不正是每天在望海嗎？是類似這種吧。我想起了，此刻出版《漣漪》是想分享美，其實我在做的品牌、分享日常生活、做菜、泡茶也是分享美，其實我一直在做夢想的事。

是，烹飪對我來說已是藝術行為。你對食材的了解、如何配搭、如何突顯食材的特質？烹飪包含很多東西，對我來說是一場編舞。其實如每個人在微不足道的事物中，也能感受到自在和快樂，世界會更美好。希望日常的分享像漣漪般，可以觸動人。

我也是這樣想，不是什麼偉大的東西，但好想去做好。很感謝老師的支持，做這件事讓我很快樂但也很緊張。

很多人不了解為什麼當越來越少人做手帖的時候，我們還做紙本手帖。但沒人想再做的東西我更加要做，不然就不會有人做了。

拿在手上的東西，是不一樣的。所有東西都掉進虛擬科技裡，好像沒有實在感。越是這樣，越要回歸當下。回到這一刻，手捧著一本書，喝一杯茶。也許只是每天為自己做一頓飯，也足以改變一天的心情。

今天很開心呢老師，為訪問預備了很久，但此刻我們的交流是流動的，是用心，非常享受。

很自然，不約而同說著說著便會說到同一話題，有相同的想法，相同的關注。如果我們是很愛惜自己、能覺察自己變化的人，必定會發現到彼此相近的地方。連結、接收，再一起分享。我覺得很好，因為這不是死物，是一個生命，像你剛說的漣漪的流動很美好。

今次和你的交流，得到很多內在的啟發。非常感恩，謝謝你老師。

多謝你才是，見到你很開心，謝謝你那麼努力分享真、善、美。

如果每個人在微不足道的事物中
也能感受自在和快樂
世界會更美好
希望日常的分享像漣漪般
可以觸動人

美的日課

村上春樹曾說：
「儀式是一件很重要的事。
讓我們對在意的事情心懷敬畏，
讓我們對生活更加銘記和珍惜。」

美生活是要時間積存
是日復日的醞釀

食　　　　　　　　器

花　　　　　　　　茶

衣　　　　　　　　旅

食
—

餐桌上的詩人　劉韻棋

走進日本料理人家

餐桌上的詩人 劉韻棋 Vicky Lau

攝 /
TATE Dining Room

為An Ode to Mushrooms
餐單而設計
充滿森林氣息的
桌上蘑菇擺設

劉韻棋 Vicky Lau

TATE Dining Room
DATE by TATE
Mora 摩
創辦人、主理人、主廚

十多年前，知道本是平面設計師的Vicky開了餐廳 TATE Dining Room，就一直喜歡在TATE用餐，感受女廚師如何連結料理和美。記得那時常常是一個人，如送一份禮物給自己，享受食物和美的盛宴。

她以料理表達對食材的愛，以餐單寫她的思想、故事，器皿是她的畫布，以餐桌表現簡約、靜雅、溫柔的美感。每年，她和餐廳也得了許多獎，但我更覺得她是以食材寫詩的詩人，純粹是非常愛大自然的饋贈——食材，再以料理去表達。這次，我們只談愛、美、夢想。

對｜話

/ 關琬潼　Vicky Lau

Vicky，今天可和你交流真的很快樂。好想先和你分享很有趣的事。早前有朋友想到香港吃法國菜，我找了些關於TATE的訪問跟她分享。我讀到記者問你如果有人想創業，你有什麼意見給他們？你說：「不要想那麼多，先做吧。」又問你：「開餐廳前知道會那麼辛苦嗎？」你好像說：「無知也是福氣」。記得我也說過同樣的話，所以感受特別深刻，那是追夢的勇氣。我來TATE已超過十年了。你的生活、人生故事、美學，也融入你的餐單裡，每道菜式也有故事，一切也很美。你是從小對美的觸覺也很敏銳嗎？

其實是。很小時候在家吃飯，不知為什麼，已經很喜歡擺碗碟。

我也愛《Architectural Digest》，家裡從商，家人不太明白，但我對這方面很敏感。三年級時，我說想當設計師，對美的觸覺，我想是先天的。之後中學時就上陶瓷課。我很喜歡手造的東西，特別是陶瓷。做陶的過程很放鬆，能使人靜下來；我很喜歡手造的感覺，是有靈魂。一個碗，若是手造的，即使凹凸不平，也有靈魂。

我也很喜歡做陶，和泥一起，人會靜下來感覺好溫暖，或許是因為那是大自然的東西。

可能人的天性是喜歡大自然的。為什麼手拿著泥巴會感到舒服，因為很自然的狀態。做菜時也是和大自然的東西在一起。

我做每件事也要連繫自己的心態。我想做的東西，會在這裡表達到，從中學習。

很久以前已想推廣生活美學，我把這融入品牌中，希望讓人覺得這些是屬於他們的。很多人想起美學，覺得要到藝術館，又或要有品味才可享受的。但對我來說，我們一日三餐，早上用什麼杯子喝水，其實也是美學。對你來說，生活美學是什麼？

我也覺得是lifestyle，融入生活很重要。我覺得香港很少人欣賞這些事，可能因為香港較多人從商，步伐急促，很多時是要快，而不是要quality，會忘了欣賞美。好像疫情時期，看到很多人分享在家做菜。可能是在用很美的碟子，但碟下卻墊了一張報紙，那缺少了美的元素。

我懂得你說的。我和你很相似，天生很嚮往美，有些人覺得美的洞察力是天生的，但其實也可以培養。

是的，現在有很多趨勢，而人也隨著趨勢，去學習什麼是美。我覺得設計是需要深入研究的東西。一個好的設計師除了要明白什麼是美，也要明白功能性，才算是設計，不單單只是美。我的料理也是藝術、手藝和科學的結合。

所以你的菜式有美的元素，也要好吃。

是的，美和好吃也很重要。

我很喜歡TATE，由從前到現在，超過十年了，比起往時，現在的TATE像是一位成長了的優雅女士。此刻的 TATE 是不是如你當初所想的，會想有點不同嗎？

TATE是12年前創辦的，此刻如果能從零開始，想營造的感覺也會不同。我會想更Zen、更多東方元素。餐單方面，還是會跟現在很相近。

是東方元素和你很喜歡的大自然元素吧？

是的，人就是喜歡大自然，加入大自然元素，就會覺得舒服。譬如餐桌的石，用了人造石，感覺就不一樣了。Mora的元素會比較Zen。

人懂得進化是很重要的。如果像十年前，我沒有不停轉變，是持續不了，因為人就是會變，客人的口味也會改變。所以不停改進是重要的。

是很自發的想不停改進自己吧？

是的，我做這件事，不是為了出名，不是為了要賺很多錢，這是一個學習過程，所以我做每件事也要連繫自己的心態。我想做的東西，我會在這裡表達到，從中學習。我每年也會回顧，對比上年我有沒有進步，知識有沒有增加，客人用餐有沒有更加滿意開心，我能不能表達我想表達的東西。

我也想分享，我最初是做Food Styling，因為我很喜歡料理，也很喜歡美。大概是20年前，我開了一個工作室做Food Styling，是為了結合美和料理。我想把美落實生活中，所以後來有了美食品牌。此刻我在想，生活美學下一步可以是什麼？會不會是一本書呢？

翻書頁也是很療癒的過程，那就有了做《漣漪》的念頭。如你問我有什麼夢想，這本手帖就是我的夢想。《漣漪》是連結美，分享我喜歡的人、事、物。好像是你、是TATE。

那麼你認為為什麼現時社會少了人欣賞這些？這類型的餐廳比以前少，人們的衣著追求也不同了，你覺得是為什麼？

前陣子我也有些感慨，現在一些Cafe，外觀很亮麗，但內涵卻不一致。我們從小到大去沉浸美，去學習美，去培養五感，更重視真實的體驗，但現在更多是上網看照片，覺得很美，就去模仿。模仿和透過沉浸去學習是很不同的，模仿不用逐步逐步來，自己的美學觀沒有建立好，所以追著潮流便是好。我想我們也經過一段認識自己的過程，懂得自己想要什麼。現在網上那麼容易找資料，是很方便，但我很懷念往時，真的到一個地方、品嚐那裡的食物，是五感體驗。跟只在網上看到好看的相片，吸收的很不同。

我也同意，那感覺是全身心和即時的。我看到有些小朋友天生有好品味，但一段時間後便忘記了。例如我讓我的女兒嚐新鮮和冷凍的魚，她很小時候已能分辨出來。

很有趣，你說這個。我想起我妹妹的女兒，五歲，也能分出新鮮魚和冷凍魚的不同，我覺得很神奇。會不會是大家小時候也比較敏感，能分辨好吃與不好吃，美與不美。但慢慢，因為外在環境和生活的急速，令我們很難欣賞每件事。所以，放慢是欣賞美其中一個重要的方式。

你覺得有沒有可能扭轉香港現時這個情況？

我曾經寫過有關生活美學的書，說可試著收集自己喜歡的杯子，然後每早感覺自己想要哪個狀態便選哪隻杯。比如想感覺安靜，可選一隻素雅的杯。試著感受那心情的轉變。後來，讀者告訴我，這樣做後，真的感受到那一天有不同。比如我經常說一日一花。可能一個杯子、一枝花，就可感受大自然的美。我好希望分享一些很簡單可以實踐的東西。

要明白美學，要有一個感恩的心態去欣賞。所以我的Menu叫Ode To，提醒人們致敬和珍惜大自然，我覺得這是最重要的。表達的方式可以是禮物的感覺，我覺得每道菜也是一份禮物。有人會問，所以你的菜式是味道為先，還是外觀為先？一定是味道，但我接受不到就這樣隨意端上食物，因為這是沒有對食材尊重。若你對客人尊重，對你正在做的事情尊重，就不會隨便奉上食物。

An Ode to Tofu
以豆腐為素材創作的甜品

你曾經說過料理是真的有能量在內。在一件事上用心有愛,好像做菜,客人真的能感受到那細緻的分別,也許這就是我們說的能量。

比如我也會跟同事說,我是中間人,不是明星,也不想做明星。對我來說,廚師是農夫和客人的中間人,把大自然饋贈的食材送到客人桌上,是能量轉換。所有東西也有能量。你的心情可改變一件事的能量。

就算是在家中選些好食材,很簡單的煮,選自己喜歡的食器去享用,也是給自己的愛和能量。

是的。很多人也不懂愛惜自己,self-love 好像變少了……

而且他們覺得這件事很複雜,需要很多時間,才可以self-love,但好好吃一頓飯已經是self-love。起初我經常一個人來TATE,當成送給自己的禮物,對我來說是很重要。

這裡很多客人也是一個人來吃飯,差不多每日也有。女士比較多,但男士也有。可能是因為一個人可更專心享受食物、享受當下,是給自己的禮物。

是給自己的禮物,也可全心和食物相處,才能好好欣賞食物。我很喜歡自己去旅行,嘗試不同餐廳,例如在日本吃懷石料理,真的很開心。感覺願意給自己獨處的時間對女性很重要。女性很多角色,所以願不願意讓自己獨處去欣賞食物很重要。

其實我也是一直很想做 lifestyle 的東西,不過香港的市場真的難。

香港真的很少,日本、台灣較多職人也會做日常餐具。《漣漪》其中一個欄目叫「器」,就是記錄一些製造器物的人。我覺得他們更像工藝,不是做藝術擺設,而是供日常使用的。我喜歡手作器物,看似價格高一點,但你會很愛惜地用,那會令你快樂。多用這些器物可支持很用心的陶藝家、工藝家。另一方面就是讓這些手工器物進入你的生活,而不是放在櫃子裡。不知道你有沒有聽說,很多人買了餐具,因為很貴,放了在櫃子,不敢碰它,這就是浪費了。物品也是有生命有能量,要用才開心。你選食器和以食物配搭器物的美感一直是非常令人驚艷的,其中的想法或美感是什麼?

對我來說美學是有些規則的。整齊很重要,特別是食物。因為有時候一碟菜中的食材有很多不同的質感,需要整齊的感覺。另外平衡也是一種美態。由味道、質感,到外觀也要平衡。

你會不會也有一個夢想是有一間房,把你收集的器物很整齊地擺放。每次想新菜單時,便看著這個器物牆,尋找靈感?

我夢想是所有東西也是手造。可能在草地上,桌子、所有器皿、食物都是自己造的。

廚師是農夫和客人的中間人
把大自然饋贈的食材送到客人桌上

An Ode to Seaweed
以海藻為靈感的餐單

很好啊，也讓更多人知道用手作器物的感覺。我接著準備寫一本料理書，想用我收集到的陶器放食物。有一段時間做餐廳做得很辛苦很累，突然重拾這件事，就像我十多年前做的事，覺得很快樂。

其實我也經歷過這樣的時期。開餐廳中途的時候，我會想究竟我的目標是什麼？很多時廚師會追求米芝蓮星級，但我現在見到客人開心就很滿足。現在的感覺更舒服，會沒那麼自我中心。

感覺你現在的料理更溫柔。不知道我這樣形容對不對。依然是非常精緻，但比以前更純粹。元素更純粹，但很有層次，會不會和你這個心態有關？

都有。因為我較少真正以客人的感覺品嚐自己的食物，或許有時也沒察覺自己菜式的evolution。我在想如何可表達多一點生活美學的事。

我很喜歡你近來多分享了菜單的創作靈感及故事。或許就是這樣了，分享背後靈魂人物的想法和故事，那是最動人的一面。上次我很仔細讀你的餐單，我會思考你的想法如何呈現在菜式中。

對我來說，這是客人和廚師的連結，明白廚師創作這道菜式的思想、美學，是很感動的瞬間。當然只是好吃的話，也會很開心。但你內在的分享，讓我們知道每道菜背後的意思，就會很深刻，你已是在分享生活美學了。現在物質太多，最重要是留在腦海、心中的感覺，而不只是味覺，越來越喜歡你就是因為這樣。

那我明白為什麼我們今天會見面。可能是因為大家去到這個位置，也想互相學習一些東西，所以今天會和你會面。

我覺得見面也是緣分。其實我也是抱著試試看的心態，因為是創刊，我好想只分享我真心喜歡的東西，所以今天很開心。

我最近在想，覺得香港需要更多正能量。因為像你所說讓別人去欣賞一件事情，可能需要一些指引，我會想如何可以表達更多。我的Instagram通常也很靜，很少發文，不過最近也嘗試多分享自己的理念。我是比較注重私隱的人，但也開始覺得想多分享個人故事，例如我最近介紹了我最喜歡的幾本書。

我也會去欣賞一些小事，會去學怎樣做。好像我有個夢想是自己去做東西，所以去學習很多不同工藝，例如吹玻璃、陶瓷、木工，也有這樣教我的女兒。她不上學的時候，我也會讓她上不同興趣班。她剛剛學了造木呢。如你說的，當你親手接觸過物品，就會覺得現實世界比網上世界好太多了。我在想如何做得更好，更能令別人感受到。

我相信客人已經感受到了。我用餐也是很追求全面的體驗。在TATE，可感受到你的全心全意。你在外國唸書，但我感覺你很喜歡東方美學，是不是有什麼契機令你那麼喜歡？

我覺得人有根源是很重要的。比如我很喜歡京都，覺得他們有一個態度或美態，是因為他們的理念就是要保存傳統，是有根源，從根長出來，所以做得好。我覺得廚師也是要煮屬於他們那根源的東西，所以我會中西合璧，結合兩種元素。

東方美學中什麼特質最吸引你？好像東方美學中的留白、低調？

低調是我很欣賞的理念，我覺得有一種優雅。我喜歡研究什麼是優雅，美而不喧鬧，也不搶眼球，會更長久。

這令我想起十年前我辦了一個服飾品牌，我用了一個我很喜歡的字：Quiet Elegance，很安靜，很內斂。後來想起這個美學觀原來也挺東方的，比較含蓄。我喜歡那種慢慢被人欣賞的展現。人們能看懂我會很快樂，看不懂我也不介意。

這樣也是。因為美式是類似要全世界明白，一看就懂。但東方可能是沉浸出來的。好像茶，泡茶看似簡單，只是沖水，但其實茶葉如何種植、採摘、處理也是很講究的。做日本高湯也是，很多人會說很容易，只是放昆布烹煮，但其實後面的功夫很多。

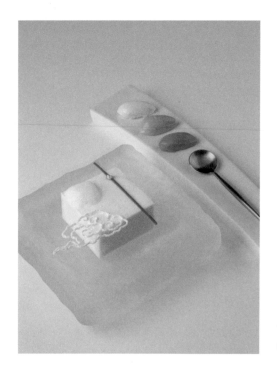

Vicky重視食與器的配搭藝術
特別為豆腐餐單設計食器

所以日本文化你也好喜歡吧？一切看似簡單，但鑽研得很深入。比如你的豆腐菜式，會不會也是受這種文化影響？

是的，豆腐給你很清純的感覺，吃完後會舒服。不像肉，吃的時候很美味，但之後可能感覺很重。

是喜歡那純粹的感覺吧。我想起你會不會覺得自己有一個階段，好想讓花盛放，盡所能看自己能做到什麼，後來慢慢懂得欣賞花待盛開的美感。

是的，有侘寂的感覺，自然而具美態，說不出來的美。

所以回到第一個問題，很多人覺得美很抽象，說不出來。但對你來說，如果你覺得一樣東西或一個人美，最重要的元素是什麼？

你有沒有看過Stefan Sagmeister的「Beauty」？他是一位Graphic Designer，我以前做設計的時候很喜歡他，對我的美學觀有很大影響。還有另一位Tibor George Kalman，他也解釋了什麼是美，為什麼要做設計。他的太太Maira Kalman做的東西也很特別，是我的啟蒙。我心中的美或許就如剛才說的，要有大自然元素、要平衡、純粹、不自我中心。

我覺得「純粹」這字很美，好像大自然與生俱來的感覺，意境很深。又比如「內涵」，兩個字已包含事物由沒有到有整個醞釀的過程。中文字真的很有意思。

是的，我正想為TATE改一個中文名。比如Mora我就用了「摩」字，很有質感和手造的感覺，也向街道致敬，但TATE我還沒想到。有一個字我一直很喜歡，是藝術的「藝」。

這讓我想起，之前在日本京都住在Tawaraya Ryokan「俵屋」旅館，他有一間選物店「遊形」。我很喜歡「遊」這個字。我的品牌Simply Pleasure中文名是「遊樂」，就是遊走快樂間的感覺。「遊」的意思給我感覺很自由，可以是餐飲，可以是衣服，只要能分享美和快樂就好，也是我對品牌的期許。或許TATE的中文名字，可從你對品牌往後的期許去想。

是的。我們也需要一個理由去堅持和努力。

是的。要想想下一步想怎樣？什麼能真正滋養自己令自己快樂。好像今天和你交流，就是很滋養，可分享大家的故事，有共鳴，互相支持。感謝你那麼忙也願意抽空分享呢。

也感謝你，我們往後多交流吧。

走進
日本料理人的家

文 / 攝　關琬潼

由二十多年前，開設美食設計工作室和料理書室，至創立美
食品牌、開食堂。雖然後來因工作太忙關了工作室，但擁有
創作空間仍是我心心念念想做的事。

當我遇到在西貢家中開Yuki's Table料理教室的日本女士Yuki
Yamagishi，那牽起我許多快樂回憶。她因為家人而愛上料理，
把家改造成料理工作室。喜歡她對餐桌美學的投入，也擁
有日本人對細節的一絲不苟，我們慢慢成了好朋友，分享
料理的愛，作為女性對自身興趣事業的想法，還一起辦和
菓子課。常跟她分享我從前開料理工作室的故事，笑說那
是我最快樂的時光。我祝願她料理的夢想種子開花。

Yuki Yamagishi

日本家庭料理教室
Yukistable創辦人
日本發酵文化協會
認證的發酵大師
為企業服務的食譜研發者

常說你吃什麼可告訴人你是誰，我覺得你在煮什麼也看見一個人的生活態度。小時候你的家庭料理是怎樣的？又怎樣影響你現在做的菜式？

日本家庭日常做的，不是壽司、天婦羅和拉麵。我們以自家料理方式，烹調意大利、法國、中國和日本菜餚。我從小就用筷子吃媽媽做的肉醬意大利麵。旅行與旅居不同國家，讓我有機會學習不同類型的家庭料理。

我的料理，是將我對日本料理和調味料的知識，用在我的無國界家庭料理中。好像這次煮的味噌檸檬意大利麵，可展現如何運用味噌作為提升鮮味的天然調味料，製作出富層次、帶完美鹹度的濃厚醬汁。日本四季分明，我們喜愛以時令食材製作料理。我每季也會焗草莓撻，夏天用桃，秋天用無花果，冬天用柑桔。

小時候，最美好的回憶，就是一家人圍坐餐桌，說說笑笑。這樣的美好體驗，讓我第一個工作室就是做美食設計，也開料理課和料理書屋，希望透過吃這回事，分享生活的美好和喜悅。料理對你的意義是什麼？

料理是連繫，將家人和朋友聚集起來。我們都記得，與大家一起吃飯的時光。在我家裡，每天都盡量圍坐一起晚飯，不開電視。吃一頓豐盛的家庭料理，無論是盤餐或三道菜，不管吃什麼，都可讓人好好交談。料理也能吸引與我們擁有相同能量與價值觀的人。我喜歡料理，不單是烹調過程，更大部分是能與有相同價值觀的人連繫。

想起當初我開料理工作室，就是希望把美學融入日常生活中。如在每天三餐加入美的角度，那餐桌就是很美好的風景。

你如何將日常生活美學與餐桌聯繫起來？日常生活中的美，如何滋養你？可分享你的料理和餐桌佈置美學嗎？

居住空間，尤其是廚房和餐桌，是家的心臟。工作和當媽媽後，有時睡醒了，仍很累，我會選擇在廚房和餐桌開始新的一天。在廚房做早餐，在餐桌邊吃邊聊天。

在餐桌與廚房擺設植物，可淨化室內空氣，也可淨化心靈。我喜歡把心愛的食器，展示在回收木架上，而不是藏起來。在家中擺放有紀念價值的餐具、新鮮植物和天然木家具，讓我精神振奮，更享受生活空間。在我看來，料理是奉獻。

家常料理不應成為負擔，可按自己的生活方式做料理。我總是建議我的學生，先專注做好一道菜，但要用心遵循步驟。佈置餐桌時，我喜歡放新鮮植物或鮮花，以平衡餐桌整體佈置，卻不會遵循太多規則，只注重顏色。餐具、桌布、鮮花、食物，維持少於三至四種顏色，希望看起來和諧統一。就好像今天為你預備的餐桌，希望你喜歡。

Yuki喜歡花，
這次我特別為她預備帶春夏氣息的餐桌花。
春天的粉嫩色伴夏日感覺的玻璃花器，
是餐桌上的涼意，
希望她喜歡。

春夏餐桌

日本草莓
櫻桃蕃茄沙律

材 料

熟草莓	8至10顆
櫻桃蕃茄	8至10顆
意大利香醋	1 湯匙
橄欖油	1 湯匙
鹽	少許
蒔蘿（裝飾）	適量

/ 去掉草莓的蒂。
/ 將櫻桃蕃茄切半放入碗中。
　加入 1 湯匙橄欖油和少許鹽醃製。
/ 置雪櫃待 30 分鐘後，
　取出加入草莓和意大利香醋，
　輕輕攪拌，即可上菜。

意式薄切鮮鯛魚片
西洋菜沙律伴薑醬油

材 料

刺身用鮮鯛魚	200 克
西洋菜	40 克
芫茜	2 棵
洋蔥	5 厘米長（切碎）
薑	1 片（切碎）

調 味 料

日本醬油	1 湯匙
米醋	1 湯匙
糖	1 茶匙
麻油	1 湯匙

/ 切掉西洋菜的根，切成一口大小。
/ 魚切成薄片。
/ 調味料放碗中，攪拌均勻。
/ 西洋菜和芫茜放在盤子上，
　上面放鯛魚片、洋蔥、薑，
　淋上調味料即可享用。

味噌檸檬忌廉意大利麵

材　料　（2人分量）

意大利闊條麵	160 克
牛油	1 湯匙
橄欖油	1 湯匙
檸檬	2 顆
西京味噌（白味噌）	1 ½ 湯匙
濃忌廉	100 毫升
牛奶或豆漿	3 湯匙
鹽、黑胡椒	適量

/ 一大鍋水加鹽煮沸，
　按包裝說明煮好後取出瀝乾水分。
/ 取出2顆檸檬的果皮磨碎。
　（避免白色部分），再擠1顆檸檬汁；
　將味噌和檸檬汁混合以溶解味噌。
/ 在煎鍋中以中火加熱油和牛油，
　當牛油融化，加入濃忌廉、牛奶和
　適量檸檬汁，用中火煮至變稠，
　加入味噌混合物攪拌均勻，關火。
/ 闊條麵放醬汁中與味噌忌廉混合，
　盛盤子上，加入磨碎的黑胡椒和鹽後，
　撒上大量檸檬皮，好好享用。

鮮草莓杏仁忌廉撻

材　料　（20厘米）

草莓	5至6顆		
撻皮		**杏仁忌廉**	
低筋麵粉	125 克	無鹽牛油	50 克
無鹽牛油	75 克	砂糖	40 克
砂糖	3 湯匙	雞蛋	1 顆
蛋黃	1 個	杏仁粉	50 克
水	1 湯匙		
鹽	少許		

/ 把製作杏仁忌廉的牛油和雞蛋置於室溫。
/ 草莓切成薄片，用紙巾拭去水分。
/ 將製作撻皮的冷牛油切成 1.5 厘米方塊，
　篩入麵粉與糖混合。
/ 將冷牛油、麵粉、糖和鹽放入攪拌機中，
　攪拌麵糰至猶如巴馬臣芝士碎；
　加入蛋黃並攪拌至濕潤且細碎，不要過度攪拌。
　將麵糰取出放在烤盤上，搓成扁平圓形，
　將其包起來並置於雪櫃中1小時。
/ 在另一個碗中，將製作杏仁忌廉所需的
　牛油和糖混和至呈白色。
　將已打發的雞蛋分3次加入混合物中，
　再加入杏仁粉攪拌均勻。
/ 從雪櫃取出麵糰，擀成直徑20厘米的圓形，
　將杏仁牛油塗在中間，上面放草莓，按序折疊邊緣。
/ 以180度烘烤30分鐘，
　當表面呈棕色時，放在烤盤上冷卻10分鐘。
/ 移到盤子上，依你的喜好搭配雪糕 。

器
—

器物的溫度　常常集品

與器物相遇　東方琉璃

器
物
的
溫
度

常 常 集 品

攝 ／ 楊晴晽 Uranus Wu 關琬潼

記得第一次探訪 Kenneth 的店「常常集品」是深深的感動。
我也曾經擁有自己的服飾及生活選物店，
那是一條必須非常熱愛才能堅持走下去的路。
他的店，由選物、餐飲至氛圍，無一不用心……
記得我探訪後就在日記寫下：
「如此表裡如一有氣質的店……難得」。

一直保留著常常集品的咭片，是日本插畫家的作品，描繪了 Kenneth 和女朋友手
捧著物品、鮮花，到市集去。兩隻貓貓，就好像纏著他們，不讓他們去工作！
一張卡片，看到他們的工作態度、心情、對品牌的期許……

我們依著這樣的初衷，分享一路上的歷程！

我好喜歡常常集品中的「常常」，可分享這個字對你有什麼意義？

「常常」是有重複，時常做的意思。我們希望對自己想做的事情「習以為常」養好習慣，不要半途放棄。俗語「玩物養志」大概喜歡一件事，就算重複做也不會感到沉悶，反而越會發現當中樂趣。就像日本職人一樣，一生專注做好一件事。

創立品牌不是容易的路，但就可以自己的方式分享理念。你希望以常常集品傳達什麼訊息？

我們希望常常集品可以傳達把古道具美學融入生活日常，將器物延續使用，欣賞年代帶來的使用痕跡產生的溫潤美感、物料質感和工藝技法。在店裡有緣遇到的人或事物，不止一買一賣，而是透過分享更多古道具及其他藝術家作品背後的故事或理念，令大家更欣賞古道具和器物的美感和懂得惜物。

可分享你創辦常常集品的初心和夢想的萌芽嗎？

常常集品是我和女朋友Yanki做了數年商業設計工作後，想自行創立品牌，滿足商業設計工作以外想做的事情。記得大概八、九年前，有次東京旅行遇上日本最大市集——東京蚤の市，我們被市集的氣氛、舊物收藏品的種類、各攤檔店長的熱情和戶外森林的市集環境深深吸引，忍不住購入了很多昭和年代的紙品包裝和食器家品。後來差不多每半年都會到東京蚤の市，不知不覺收藏量越來越多。

有段時間，香港市集熱潮興起，我們就決定創立品牌參加兆基書院舉辦的天台市集，分享我們的日本市集旅程和收藏品設計及故事，想不到原來有很多人對舊物設計和故事也很感興趣，每次市集完結又期待下次會遇到的人和風景。

店中哪一款生活道具可傳遞你夢想開花的回憶？

是燈器！也許是因為我修讀室內設計，了解燈器在一個空間擔當很重要的角色！

在香港很難遇上古樸的燈器。記得當初逛日本市集，最想帶回香港但又使用不到的就是古董燈器（香港與日本電壓不同），所以遇上是使用電池的掛牆玻璃罩燈器即如獲至寶，二話不說就買了，保存至今在不同的空間伴著我。

店是人與人交流的場所，可分享一個常常集品最動人的故事嗎？

記得在旺角上海街剛開店時，有位女客人看中一把古道具小刀，原來女生是香港日本劍道代表隊，看到古道具小刀想起剛分手、同樣是學習劍道兼喜愛收藏刀劍的前男朋友，想買來送給他。過了一星期，女生牽著一位男生來店，向男生說：「那把刀就是在這兒購買，店裡還有很多有趣的東西。」這是我很深刻的回憶，沒想到我從東京購入的古道具小刀會成為修補別人紅線的工具。

真的是很窩心的故事啊。那你認為器物跟生活的關係是什麼？如何滋養你的生活以至生命？

器物圍繞著我們生活，是使用者與創作者之間的媒介。我們透過使用器物來感受生活。器物之所以能展現獨特意義，在於器物收藏與人所堆疊出的情感與演繹，因為「使用」而營造出那股無可取代的親密感。

我相信吸引力法則，美好的事會經常連在一起。近數個月，我開始接觸金繼工藝，重新檢視破損器物的缺口。從以往因器物損耗而感到可惜，轉為得到金繼修復機會呈現更美狀態的期待，算是放下執念的轉化吧。

你曾經開過食堂，可分享美食和餐桌美學如何展現在日常生活中？

開食堂是圓了自己其中一個心願。經營食堂主要是希望延長客人停留在古道具氛圍的空間。從空間、溫暖氣氛伸延至家具、桌上器物，希望客人來到食堂會得到一處寧靜。我們維持餐桌之間的距離以保留客人的私隱度，配合溫暖的木系家具痕跡、手工餐具器皿的溫度、桌上季節花藝擺設、燈光調節、採用春秋二季的餐單，還有以文字介紹所使用的家具及燈器，讓客人來到不單是享受飲食過程，而是美的學習和體驗。

從小我就常常想著可如何活得美，喜歡看書看雜誌，做一個夢想圖，向著嚮往的生活努力！此刻，分享美生活是我的使命。分享古道具也是你的使命嗎？

是的，真的是此刻非常想做的事。在日本市集，讓我知道許多古道具背後的故事。好想把這些故事，跟香港朋友分享，引起他們對古道具的興趣。

是的，知道物件的故事，看上去特別讓人有感覺。你的店和陳設也很美。你是如何培養你的美感？

我也是出身基層家庭，但相信美是可以培養的。因為讀室內設計，喜歡看書、雜誌，見到許多大師的作品，我的美感就是這樣一點一滴的培養。

真正的美是經學習、累積，加入自己的成長背景、風格而成！這樣的內化和累積，跟模仿不一樣，而會更有內涵，是自己獨一無二的風格。那美於你來說是什麼？

我認為美不是絕對而是千變萬化的，會隨著喜好而改變，是一種修養，累積成為自己的個性與喜好。普世價值的美未必是自己認為的美。美，是獨立的，小眾亦可以是美。當我在生活中需要作出選擇時，不其然會以美感作首要考慮。

你喜歡收集日本古道具，也感覺你的美學是更接近東方的，你什麼時候開始接觸東方美學？

讀設計時，很多時以做exhibition和event為主，開始接觸東方文化，特別喜歡中式及日本家具，可能我性格比較內斂，特別喜歡那簡約但充滿細節內涵的設計。

我也是啊，特別容易給那無聲無息的美感動。太搶眼球的，反而吸引不到我。好像我好喜歡看一個店的細節、陳設，可見到店主背後的心意。可分享一個最影響你的東方美學觀嗎？

修讀設計時接觸谷崎潤一郎的《陰翳禮讚》，當中提及的陰翳氣息要表達光就要用陰影來展示，一個空間以及一件器物與光線最美的呈現，足以令人屏息凝視，這我也從京都的琉璃光院體悟得到。

你有喜歡的生活美學家嗎？或最能展現東方器物之美的作品？

一直很欣賞柳宗悅這位思想家、美學者、宗教哲學者以及民藝運動的發起人。柳宗悅打破日本向來偏向華貴奢侈品的賞美思想，認為民藝品出自民間智慧及就地取材概念，發掘其工藝樸實的美，對後世影響深遠。尤其古道具在香港還未普及，還存在很多誤解，很多人以為古道具是奢侈品，是中產玩意，但我正想推廣古道具的樸實與親切，著重器物散發的低調美感多於本身價值。

我近年挺欣賞能夠深入了解更多日本文化，包括歷史、文化民俗史、器物道具見識以及神話學說的作品——《鬼滅之刃》。雖然是動畫，但蘊含的背景文化資料卻很豐富，故事中不謀而合地探討「物哀」與「玉碎」這兩個概念，也經常用來表達日本人的美學形態，看到日本人特有的精神性與美學觀。

對美有嚮往的人，夢想好像也特別多，在美的領域中，你仍有什麼夢想？

我還是最想普及古道具。
好羨慕台灣、日本，有足夠的人和社會氛圍去支持這個文化。希望香港古道具的小店可連繫起來，讓古道具受更多人欣賞！還有就是，好想以我和女朋友的方式再辦一家食堂！

香港人比較忙碌，較少時間感受古道具的魅力。希望將來不同的力量可聚在一起做一些事。此刻，《連漪》就是我的夢想，我也希望成為不同生活家、美學家的連結，一起共創一些事，讓生活美學成為許多人生活中溫柔的存在！我們一起努力吧！

與器物相遇

東方琉璃

文 / 攝 / 關琬潼

美學家宗白華說：
「心的陶冶，心的修養和鍛鍊是給美的發現和體驗作準備。」

一件物品吸引你，是因為那跟你的審美和心同頻！看你選的物件，也同時看
見你的美學眼光和內心。和器物相遇的一刻是開始，讓物品進入生活，物品
會慢慢給你滋養。和好物每天相處，我想起詩經的句子「莫不靜好」。
器物無聲，但有千言萬語，細說創作人的故事、以器物盛載的心願。

家中收集的食器、茶器，許多也是可融入日常生活，每天使用的。在一些時刻，也以器物營造特別時光，好像春夏的茶席，特別喜歡用琉璃茶器。

與「與山堂」的琉璃，在成都天府美術館區內的選物店「伏宜」相遇，是久違了的，看見一件器物感到好想擁有的心情。琉璃與玻璃的不同，在於原料，也在工藝。琉璃以手工燒製，更多是用於工藝品。琉璃密度大於玻璃和水晶，敲擊琉璃會產生清脆的聲音。琉璃最吸引我的是顏色，色彩朦朦朧朧的，好像滲透其中，有流光溢彩的效果。

與山堂的琉璃器物，是東方美學視覺與東方古琉璃工藝的結合。造型靈感源於古代器物，以琉璃的姿態呈現，雅致輕盈、顏色明亮但溫潤、那流動的氣泡是靈動的。那薄胎工藝非常細緻，會讓你想要好好珍惜呵護。用我開始收藏器物時的話說，就是那種你很想去擁有，很珍惜地抱回家的好物。

選物店伏宜的主理人連欣在年青時，和中國美術學院的老師一起組了「與人樂隊」，擔任貝斯手，經常和貝斯老師一起喝茶。後來到美國讀書，開始徹底鑽研茶與茶器。回國後，心心念念希望做一個由茶開始的東方器物品牌。伏宜對他來說是一個連接美物美器的平台。有與山堂琉璃作品，也展現有共同夢想與審美的茶器藝術家作品。東方審美對他來說是學古今用。雖然回不到真正的東方古代生活，但可借鑒其中美好的部分，融入現代生活中成不違和的東方生活品味。

相信由內到外耐看的美才是真正的美。與山堂的琉璃也是「以材質為始，希望腳踏實地做好器物的工藝，期許品牌形成客人對美的一種連接和情感。」

約好了，下一趟探訪伏宜在成都剛開的茶館。主理人傳來茶室相片分享，簡約、素雅、安靜的氛圍，傳統東方美學細節，剛好是貼合琉璃器物的空間。期待下一次相遇。

伏宜主理人 說 與山堂琉璃

古法琉璃工藝

一般琉璃分為吹製法和脫蠟法。脫蠟法是每做一個器，都要先做一個單獨的蠟模，蠟模不可重複使用。由注蠟模，修蠟模，把蠟模放入石膏中，等石膏凝固後，再高溫融化埋於石膏中的蠟模，石膏中就會出現之前蠟模的形狀，再灌入特調的琉璃粉，高溫燒製，出窯後再做切割及內外打磨。一個杯子從無到有的過程需要三周到一個月。

薄胎多氣泡技藝

以薄胎為主，在琉璃工藝技術上加大難度。因為杯子是薄胎工藝，所以做氣泡效果易在琉璃表面穿孔，成功率極低，基本新品的成功率只有30%左右，成熟的產品成功率在70%左右。琉璃內或大或小，或浮或沉的氣泡，就像生命的特徵。當茶湯與氣泡融合時，器皿會更顯生命力。在喝茶的同時，除了可以品茶，還能品器。

東方水墨色調

一般西方的琉璃審美是以通透和光的折射為主，我們所定義的東方琉璃的特點是內斂，意境感，以墨色自然流動在琉璃裡，似山似水，清淨無染。

琉
盞 璃

茶 花
盞 口

茶
則

唐代法門寺地宮出土了近20多件精緻的琉璃器皿，多數是外國使者獻給盛唐的皇室貢品。

傳說此盞是唐代法門寺僧人的設計，然後以歐洲的工藝製作，製作完後運回大唐。

這琉璃盞復刻當時唐代的法門寺琉璃盞，讓千年時光流轉，經典重現。

遠望如花靜放，典雅含蓄。

是根據宋式的花口杯改良，以琉璃方式呈現。

一直想擁有透明的琉璃茶則，展現不同形態、顏色的茶葉。

這茶則手感非常溫潤，溫暖的日子，手捧著時涼涼的感覺非常舒心。

想
一
起
生
活
的
器
物

曾經在一個分享中說：
「過好生活，試試從每清早選一個喜歡的杯子開始。」

美生活是由身邊的小事物開始，醞釀累積而來，好像是日常器物。
手工器物會表達創作者的生活、思想。器物融入日常中，生活會不知
不覺地改變。當你和器物建立關係，對生活中的一切就會更珍惜。
用心感受器物，就可更有覺察地感受生活。

往後的尋器旅程⋯⋯
期待遇到──想一起生活的器物。

花一

花遊樂手帖・季節花境

季節花　油菜花　鈴蘭　荷花

季
節
花

古人相信植物的靈性，在祭祀祈福中，喜歡以當季鮮花敬奉。那時起，人已相信花草擁有大自然的力量。人與植物，皆孕育於自然。人與花草的關係是共生共存的。我們可以一個對望的視角與花對話。在古典文學中，「萱草忘憂」、「投桃報李」講述的是以花傳情，而詩詞中「人面桃花相映紅」都滲透著美好之意。再往後的花道，通過插花感受自然、生命的變化，在創作的同時提高自己的審美，讓心靈更接近花。

花是自然的能量，也是我們對生活熱烈的表達。由花在古時的療癒力量，至古代文人畫及插花中的文人花、再到現在的日常生活花，與花一起走過四季，連結精神、心靈、美學，是走一趟身心靈的滋養之旅。

油菜花田
心花怒放

春日的南方，時不時在夜裡沙沙地下一陣雨，桃花杏花梨花次第地開次第地落。騎車路過忽就甜香襲來，小城裡清晰可見黛青色起伏的山脈，山腳下油菜花開至連綿無邊。

代表春天的花很多，但油菜花，最能給人開朗陽光般的好心情。金色燦爛的花海，沐浴著春天的陽光熠熠閃亮。彷彿自剛剛醒來的濕潤泥土裡迸發的純淨陽光，迫不及待奔湧流淌，整個人給照耀得裡外通透明亮。

在日本，油菜花卻是御供之花又是茶室中的悲哀之花。是北野天滿宮御供菜種，不起眼的油菜花，是日本審美歷史上的一個小事件。

天正十九年，千利休切腹自殺，在無數種傳說之一，他的席位上插的就是油菜花。後來，三千家在利休忌日供奉利休畫像，會置些油菜花。利休眼中映現那油菜花的黃色，可能就是某種侘寂之美吧。中國的油菜花，在天地間卻是開得質樸而絢爛。

可見不同文化背景，花帶有不同象徵，這是花的迷人之處。油菜花是春日讓人期待的風景。春天如果出遠門，坐在火車上總能看見沿路青山綠水粉牆黛瓦，映襯著一片片油菜花疾速向後退去，浮光掠影一般。

電影《芳香之旅》拍攝地羅平油菜花的芬芳飄向了世界；《心花怒放》裡主角們坐著三輪摩托車穿梭在鄉間小路時，漫山遍野的油菜花、絢麗多彩的彩虹和波光粼粼的湖水，人與人的情愫，人與自然的連接，都是如此巧妙；小津安二郎的《浮草》中，小男孩背著小書包踏過青草，跑上鋪滿油菜花公路的背影，是春天的一幅畫。

油菜花在冬雪融開，露出春痕，是綻開而模糊的柔和，混著初生的美好。

破土而出嫩粉色的花瓣薄如蟬翼，花朵呈對稱分布，花枝淳樸柔韌，有種熙熙攘攘的熱鬧之感。

當春風徐來，和煦披覆大平原的時候，時光顯得最為年輕又羅曼蒂克：嫩生生的黃綠，收藏滿滿的陽光。

循著春日的視線走，油菜花開時，在花田中冥想，心思有了金燦燦的香味。感受自己緩緩吸收大地的力量，把自己想像成一粒微小的種籽，四周包裹著泥土，一切溫暖宜人。你開始慢慢活動手臂，一點點起身，跪坐在腳踝上，最後身體直立，一點點破土而出，感受陽光的溫暖。

不如想像一下，站在油菜花田間，一起迎風舞蹈，沐浴著陽光，說一聲：「春天快樂！」

鈴蘭的花語是幸福歸來
傳說收到鈴蘭花就會受幸運之神眷顧

鈴蘭花開
幸福歸來

有鈴蘭的花園，一到初夏就會增添幾分獨有的生機和雅致。一眼望去一朵朵鈴蘭花猶如一串小風鈴，氣質優雅，每當林蔭花境下微風吹過，小小的白色花朵，如同一串串幸福的鈴鐺懸掛在綠葉中，彷彿聽到幸福的聲音，淡香中清新悅耳。

鈴蘭的花語是幸福歸來，傳說收到鈴蘭花就會受幸運之神眷顧。每年5月1日，是法國的「鈴蘭節」，人們互贈鈴蘭花，以祝幸福。

Christian Dior 鍾情鈴蘭，會把鈴蘭縫在裙子衣服裡，視為幸運符號，也把鈴蘭圖案用到餐具和服飾上，以讚頌自然與精緻生活。在眾多皇室名人婚禮上，最受歡迎的手捧花是鈴蘭。這束白花，潔白素雅，表達對美好的嚮往。中國把「鈴蘭」叫「君影草」，在深山中默默開花，獨自散發芳香，令人想起孔子所說「芝蘭生於深谷，不以無人而不芳」的高尚人格。而鈴蘭嬌小卻充滿能量，也是我們很喜歡的狀態吧。

鮮花承載著美麗和紀念的符號。有一位學舞的女孩，每一次演出後都會收到家人送的鈴蘭。久而久之，她記下那感覺，那份雙手捧著、被慎重傳遞的喜悅。因為太過喜歡，後來她也學習花藝，創作前也會收集收禮人的喜好、個性、送花目的、送禮心情，她甚至還希望看到本人照片，想像對方的生活；若是幫新娘配捧花，就一定得看婚紗的照片，再依符合時令花材、日常蒐集的配色或圖像，把故事一點一點組合起來。在鈴蘭盛放的季節，每一束花，她會配上一支小小鈴蘭，因為那是她曾經感受到的祝福和幸運。她希望把這份幸運傳遞給可能因為一束花而靠近的人。無形間聯繫著人與人，這是鈴蘭的魔法，也是花的魅力。

喜歡鈴蘭許久，《漣漪》就是以鈴蘭作為代表花，分享幸福就是我們的初心吧！

懂得適時展現
也懂休養生息
從容安樂，節能待發

從小就覺得蓮花很獨特。遠遠看去的大片碧青，像草原。炎日高高懸著，蟬吵著，此刻只有遠處那一片是寧靜的。走近蓮花池，流動的低能量瞬間被張開的臂彎一點點接納了進來，身心給洗滌了。

水邊細細的小徑似乎可沿著走到天的另一邊。蓮花開了，還有一小部分含苞欲放，花瓣像觀音菩薩的蓮花座。花蕊大多是金黃的，蕊絲根根豎立著發散，微微攏著護著花柱，流蘇似的，在風中悠然擺動。

喜歡蓮花除了因為美，更是因為那很懂「收放」。清早的蓮花，鼓足精神，一種力很內在卻有把持。晨光中如同美夢初醒，細膩的花瓣在碧水之上搖曳生姿。待太陽緩緩上升，才坦蕩地打開，把所有的美綻放。而傍晚夕照下，沐著餘暉，輕輕漾動，如翩然起舞的精靈，溫婉寧靜地合上。早開晚合，收放自如——這是蓮花深藏的花語，是種智慧，更是一種迷人的魅力。懂得適時展現；也懂休養生息，從容安樂，節能待發。

夏天的蓮花很美，我卻更愛看秋天的，那別有一種侘寂的美。仲秋，是蓮花的謝幕，風露中的傲然帶著淡淡清愁。但只是花的凋落，荷葉仍舊頑強經歷風霜，直到冬天仍舊有殘留的莖葉在冰湖水上。李商隱有名句：「留得殘荷聽雨聲」。似在傳遞即使面對蕭條、逆境，也要保持內心的平靜和堅定。

植物與人類的精神本質上是相通的。蓮花會有初開、盛放、凋落，而生命旅程何嘗不是如此呢？時而奮力爬坡，時而落入低谷，最終會回歸樸素與靜穆。

攝 / 特別鳴謝　Dr. Paul Lam

於我，作花就是
細微感受季節、空間氛圍
與花對話
以花境展現大自然的美
表達當下情感

花
遊
樂
手
帖

季節　花境

文／攝　關琬潼

作花，是我和大自然、和自己與人溝通的方式。

在完成日本草月流師範花課及遊學不同國家進修歐式花藝後，曾經想為我追求的花流派、花美學下一定義。在「一日一花」的日常儀式中，我想起花的修習，帶給我的不是千百樣作花方式、理論，而是有花的生活，東西方的花藝學習讓我可更自由自在地在花草枝葉間遊樂。因此，給我的作花生活命名「花　遊樂」，分享日日有花的生活，以花藝，融合美學、生活、藝術創作。

非常喜歡日本花藝師川瀨敏郎的一句話：

「我們欣賞花在自然的樣子。自然的美，是無私的美，是最高的美。作花不同，那帶著看花人的心情——看花時，恍如眉心落下一滴清淨的水通過身體。花道大概需要在形式上學習，但插花不需要學習，而是習慣。作花只是把心情表現吧。」

於我，作花就是細微感受季節、空間氛圍，與花對話，以花境展現大自然的美，表達當下情感。與花相處的當下，我全然享受每刻，過程中有美的期待，由與花對望的一刻，整個人就全然安靜。通過花草間的線條和空白留出餘韻，就如人生。最後，把花境放在剛好的角落，花境與空間互相喜歡，而我可享受遊走其中的快樂。

春

I Wandered Lonely As A Cloud
William Wordsworth

I wandered lonely as a cloud
That floats on high o'er vales and hills,
When all at once I saw a crowd,
A host, of golden daffodils;
Beside the lake, beneath the trees,
Fluttering and dancing in the breeze.

Continuous as the stars that shine
And twinkle on the milky way,
They stretched in never-ending line
Along the margin of a bay:
Ten thousand saw I at a glance,
Tossing their heads in sprightly dance.

我孤獨地漫遊，像一朵雲
威廉·華茲華斯

我獨自漫遊，像山谷上空
悠然飄過的一朵雲霓
驀然舉目，我望見一叢
金黃水仙，繽紛茂密
在湖水之濱，樹蔭下
隨風搖曳起舞

在銀河上下閃爍
這一片水仙，沿著湖灣
延續無盡的行列
瞥見萬朵千株
搖著花冠，輕盈飄舞

大地綻放的花，是春日送來的手帖。
萬物萌芽、繁花盛開，預告這會是充滿生機希望的一年。

春天，茶室以洋水仙的花境作序幕。明亮的黃，是春天的神
采和能量。洋水仙花比中國水仙大但依然優雅脫俗，顏色更
多樣，但香氣沒那樣濃，更像是春天的清草野花氣息。

伴小花如珍珠般的雪柳，選了日本京都的古琉璃淡粉花器，
順花枝的生長姿態展現各自美態，是一幅明媚春日畫。

春
夏

花
器

春夏，是竹花器出場的時候。

每次到京都，我必定去一間竹製器物小店，為自己選一件花器。有時候也會
收到知道我喜歡這間店的朋友送我的花器⋯⋯到現在，在那裡收集的竹器已
放滿花器櫃的一格，那是我在京都的回憶──店內清雅的手工竹器、跟花器
配搭得非常漂亮的花境、那裡優雅的主理人⋯⋯

在竹花器上插上我非常喜歡的相思，亮麗的黃色，如春夏般充滿活力，毛球
狀的姿態，看見就非常快樂。在成都的時候，見到數棵相思樹，如金黃色的
瀑布，心情即時變快樂。此刻，把相思放在家，我想起旅程的愉悅時光。

茶
—

茶人的四季
謝小曼 放慢 讓美回歸生活

謝 小 曼

茶道老師
生活美學家

台北 京都 上海 「小慢 Tea Experience」
茶生活美學空間 主理人

以茶、花、書法、料理
展現生活中侘寂與慢的美感

謝 小 曼

放 慢 讓 美 回 歸 生 活

攝 / 關琬潼
部分相片由「小慢」提供

許多年了，「小慢」一直是令我流連忘返的空間。

記得是無數個中午，從香港到台北，下飛機就往泰順街去，街上路人不多，走著就到了我目的地——小慢茶空間。位於台北師大商圈靜謐巷弄中，侘寂氛圍的空間是我在台北美的萌芽。每次到店，「小慢茶空間」主理人——小曼老師總是點頭微笑朝我走來，語氣一貫溫柔地問好。她的東方茶美學及茶空間是台北很美的風景，在茶、花、料理、書法間，她把美融入生活，活出她的人生。

聽小曼說，這個空間是她自幼成長的地方，舊建築的古樸之美，她都保留著。因曾經在日本留學，深受日本侘寂風的美學感悟，喜歡簡單質樸的留白，從殘破老舊中欣賞不完美。也因為學書法而沉浸在東方文化中，字畫、器物、老家具，開啟了收藏手工古物美的旅程。

茶室中的老家具整齊擺放，沉穩的木器帶不爭於世的淡雅。大部分來自小曼去各地採買的中古器物，從材質到工藝，從風格到時代的溯源，她都可以悉數與你娓娓道來。就如同小曼說：「我喜歡慢生活，也喜歡手工品。這些自然且手工製造的東西，帶手感的溫度，有人的情感。」

在「小慢」，我總會選一個位置，沏茶倒水，溫暖柔和的燈光，清雅茶香和茶湯，讓趕路的我放鬆下來。記得參加過不下數十次老師辦的茶美學課、茶會、餐會，這讓我有了這次和老師對話漫聊的緣分。

訪 ／ 台北 「小慢 Tea Experience」茶生活美學空間

許多年了，一下飛機就到「小慢」去，
午餐、泡茶、上茶課、看展、參加餐會⋯⋯
見過「小慢」許多的風景，
那是美的旅程⋯⋯

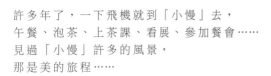

對｜話

/ 關琬潼　謝小曼

我第一次見老師是十多年前在小慢茶室，之後每次到台北，下飛機就往小慢午餐。許多年了，常去台北就是為了參加老師辦的活動，感到空間、料理、茶、服務也非常美好，那種美是融入生活的。現在，大家對生活美學的理解比較局限，覺得是得有藝術鑒賞力，或是很閒才可享受生活美學。但我想生活美學就在日常生活中。老師是如何理解生活美學的？

生活美學，就是用好的器物，在空間裡聞到的香氣、吃進的食物，所有打開感官的，也是生活美學。好像我的美學會帶點侘寂風格，不是那麼完美的簡單樸實、不張揚，沒有人多事填滿我的生活。比如說大家看我很忙，但其實我日常起床，會到公園散步，再泡泡澡、練練字、打坐冥想，這是我生活上的留白。生活中雖然很多時間給工作佔滿，但我把工作以外的時間留給自己。

我追求的美和藝術是屬於生活的，由內在起心動念以至外在日常生活的點點滴滴。更多是跟我的個人興趣和工作相關的。老師常常在小慢空間辦的茶會、服飾或器皿展覽，也是你生活中所熱愛的嗎？

對。我的興趣愛好和工作是完全相關的。我不喜歡的展覽就不辦。然後服飾、茶器這些恰好也是我日常在穿的、用的，是生活的一部分。我的工作呈現了我生活的不同方面。

媽媽在我小時候，總是貼心為家人準備一日三餐。爸爸是印尼華僑，媽媽會專誠去學做椰汁糕、串燒。在餐桌上的回憶也是美好的，這是為什麼我至今仍非常喜歡料理而以餐桌分享美學。老師從小的成長環境，父母和幼年教育對你的美學啓蒙會有影響嗎？美的萌芽是什麼時候？

每個人也是與眾不同的。有些人對數字有感覺，有些人對動手有感覺，有些人對色彩情有獨鍾。每個人的特性和天賦也不一樣，那如果你對美有感覺的話，從生活中就可追尋很多小事情的美。從小我看到一朵小花，我就兩眼發光；把我丟到深山裡，我也覺得大自然很奇妙。我發現自己走到哪，都有一個審美的眼光去發現美，那就是興趣所在。

覺察美的能力由心而起，再是培養發現美的眼睛。你覺得可如何培養對美的敏感度和審美能力？

後天可以學習啊。比如搬到自然環境比較好的郊區，處在一個環境有更多留白的空間，讓自己慢下來，就可感受美，或是更多細膩的東西。還有學習一門手藝，比如茶、花、書法，也可培養對美學的敏感度和洞察力。

我因為喜歡茶而延伸至不同美學。由想泡好茶開始，到選茶器、作花至茶氛圍，茶帶給我的是整個生活美的滋養。茶是老師不可或缺的元素，你的美學是由茶延伸嗎？

當然啊。飲茶要從茶席佈置開始，這個過程有很多去繁就簡。有捨有得，到最後變得簡單有力量。就跟崑曲一樣，牡丹亭的崑曲，舞台很簡單，演員的服飾也很素。但大家的唱功和技巧都是了得，優美的唱腔、細膩的表演和深刻的內涵，是簡樸有力量之美。茶席也是一樣，要具備一個茶人基本的氣質跟氣場以及對茶的理解。

我從小學習茶道，由習茶至賞茶，再是茶席茶空間。喝茶和教茶中學會了留白，就是茶席的佈置要留白，茶器的選擇也要留白，什麼也塞滿滿的就體會不到喝茶心境了，禪宗講求明心見性，即對自性的開悟。而品茶也是貴在領會茶的本味。美學也是如此。

訪 ／ 京都 「小慢 Tea Experience」茶生活美學空間

是2018年，
我讀到小曼老師寫「京都 小慢」：

「京都・小慢籌備期間，
我左思右想這個空間的各種可能性。
也許是天性使然徜徉於
建築、空間、品茶、及花道
到生活間的各個面向、屬我最為喜愛。
能在不同城市裡進行，
熱情與生活領域上的重新出發，
並結合我的茶，
與來自四海的朋友們匯聚在靈氣之境的京都，
去分享小慢的生活美學。」

—— 謝小曼

從此我每次往京都，
總會漫步京都御苑
到「小慢」去。
在櫻花盛放的四月，
我又到訪了。

多年的學習花藝、茶藝讓我懂得,學花除了需要多年的學習基礎,再加上自身美學素養、自由的心靈,最終你得到創作的自由。純粹的模仿缺乏內在氣息,少了真誠,最終打動不了自己。老師的茶席沒什麼框架,書畫創作也跳脫傳統的裝裱方式,你說不會把自己定位任何流派,是在追尋那放鬆的狀態嗎?

我不用超越很多名家大師,我會做好自己。我的空間有一個Tea Bar,我就喜歡喝茶像酒一樣,很隨性。我覺得現代人太用力了。一用力就緊張。我推崇的茶文化是讓人覺得愉悅、放鬆和舒服的。

小慢Tea Experience由料理茶室至藝廊至Tea Bar,辦過許多不同活動、茶課、花課,當初構思「小慢」時就有這想法嗎?還是每一段時間隨著心而發生改變?

是一步步慢慢發酵的。比如一開始是私廚家庭料理,然後以料理搭配茶推出後很受歡迎。再漸漸地專注做茶跟教學。有了茶就會有茶器,有茶空間,慢慢邀請不同的器物家、料理家、茶人、花道家辦展覽活動,這也跟我的興趣是相通的。

和書法、舞蹈老師談起,他們說,我所深耕的東方花美學,那追求的靈動氣韻,和書法、舞蹈是相通的。老師所深耕的不同領域:茶道、器物、花道、書法間有沒有很相通的地方呢?

是靈動,藝術的一切也要靈動,但靈動背後是創作者的氣質和涵養。如果沒有這個,那作品很難呈現生命力。所以我們需要十年磨一劍,先把基本功練好,然後再根據自己的悟性、生命閱歷去找到自己的風格,用藝術的方式體現出來。

我很喜歡一句話「沒有下班的茶人」。在泡茶時是茶人,在生活中也要以茶人的姿態去生活。在生活中需要保持茶人的覺察力、安靜、沉穩。茶席的美學和茶人的素養,可以延伸至整個生活。小曼覺得茶人該有的氣質是什麼?

要懂茶,有泡茶的基本功,也要有文化素養。語言表達言之有物,氣場能量飽滿,但卻仍是謙卑的,懂得低調放下。

2023年2月，
我到了老師陽明山的家，
記下了那刻心情。

「天空也在微笑的大清早，
到了小曼老師山上的家。
石與木，
素樸與優雅，
見到自己嚮往的生活風景，
人世間簡單的快樂和幸福，
就是如此……但願如此！」

說到茶，我記得老師特別喜歡野放茶。

是啊！野放茶完全不施肥，不用農藥，先要有一個好的生長環境，就是地利。而到了採摘的時候，我們必須等候天氣，沒有好天氣也做不出一款好茶，這是天時。還需要一個懂茶的人，製好茶給喝茶的人，天地人合一，才是真正的好茶。我希望大家進來能喝到很乾淨、很自然的茶，茶湯純靜、比較甜，喉韻柔滑，讓身體也是放鬆的。

野放茶自然的氣息，感覺就如小慢茶空間，給我很放鬆很舒服的感覺，所有元素就像是以本來的樣子呈現。我們習慣了生活上的加法，令生活太多干擾，較難放鬆。

是的，我呈現的是減法哲學。好像花，不會特地去花市買，而是隨意在庭院採些野花野草，沒有過多的施肥，枝葉會跟著光走，這樣的姿態最自然。然後很多各地收集來的道具也是手作質感的，有「在呼吸」的生命感。做飯我也不喜歡添加多餘調味料，就是吃食材天然的味道。這種感覺非常好，就好像生命的減法，少了干擾，讓你很放鬆很舒服。

許多年了，一直心心念念就是想打造一個我心中的美好空間，那是我生活中不可或缺的存在。你覺得一個茶空間或美學空間對一個城市的意義是什麼？

有時候世界斷了你的一條路，卻給你另一種自由。我們生活的城市每天都發展迅速，而世界越快，心要更慢。美學空間或茶文化空間可以讓城市人抽離原本的步伐，轉換一個身份。如當我很疲倦，沒時間去旅行的話，發現原來還有這樣一個地方，可以讓你安靜下來，在緩緩沖泡的一杯茶湯，喚醒沉睡的感官和覺知，這就足夠好了⋯⋯

未來我想旅行到各地，和更多好的空間一起辦茶會。那就像一顆種籽一樣，一點點扎根生長。

美
學
路
上
的
養
分

小曼老師是我在美學路上一點一滴的養分。

我在她營造的空間中漫遊,由小慢茶空間到京都
茶空間,由她在泰順街和新生南路的家到陽明山
的家⋯⋯

每次也讓我更懂得自己所嚮往的美。她在美學領
域中始終保持樸實、真摯、純粹,如她嚮往的侘
寂精神,看似樸素,卻蘊含深層的內涵。也如她
所說,身為茶人最重要的是謙虛,茶席上是這個
姿態,生活中亦如是。

感恩這份美的力量,讓我們看到生活的半徑裡永遠
存在著美和善,日日是好日。

尋覓美的眼睛

美可滋養生活。

往後的人生，假如只可專心做好一件事，我會
希望是：「尋覓美　分享美　連結美」，成為
「美的漣漪人」，在生活美學的圓心感染他人。

期待，與不同的美學家、生活家連結，繼續在
美和善中耕耘，保持對生命的熱情和嚮往。

攝於 /
台北生活器物藝廊　San Galerie

茶人的四季

文／攝　黃峰麗

是2019年在台灣解致璋老師的烏龍茶課上認識峰麗。我和老師的相片就是她給我拍的。

那時候，同學說，班上有一位攝影美學家，她創作的空間「工倉」讓人非常嚮往。上課的時間緊湊，我們認識後交換聯絡，就沒有太深入的交流。課後回香港，我慢慢了解她的工作、讀她的訪問、她的書……

那是我和她在美學領域上交流的萌芽。當我邀請她分享茶美學時，她傳來回覆：「我希望透過這本手帖讓人漸漸理解美學在生活中有多重要，是人人能做到的。紙媒可讓人脫出網絡回歸生活，我感覺很有意義。非常願意為這樣的手帖出一分力。」

謝謝你的信任啊，感恩！

關琬潼

舊事重提……很多很多年前，我是家裡愛撒嬌偷懶的小幺。在某一個不大情願幫廚的傍晚，媽媽沒有生氣，只是悠悠地說：「外婆總是說，勞作是愛。」

什麼是愛？

家務又與我有什麼關係？我不打算知道，但這並未阻礙我對美食美物乃至閒情逸致全方位的熱情與神往。尋常人家在衣食住方面談不上有多少精微的造就，春天種花、夏天划船、秋天釀酒、冬天熬糖瓜，理所當然的生活片影裡，可見大人對生活的投入是如此欣然，好像生活是一場遊戲。

過年和爸爸用鐵絲焊一盞大燈籠，糊上紅紙，接上電線，高高掛在屋外的松木桿上，啪地點亮；暑假用壓歲錢買喜歡的棉布，照想像的樣子大膽下手，用媽媽的縫紉機造一件夢想的白衫。等我漸漸長大，生活的勞作漸漸遁形，都變成樂此不疲的遊戲與創造。

假如要存心讚美生活，我可以附會種種理由。我可以讀句「人間有味是清歡」，或者像陶淵明那樣「此中有真意，欲辨已忘言」。即使要找三百個冠冕堂皇、高雅深刻的理由也是很容易的，但現實大抵並非出於情懷與浪漫。若說熱愛生活之美的緣由，只因我生長在物質貧乏的年代，人工的威力尚鞭長未及，給我以親近自然和親力創造生活的本原罷了。而熱愛生活給我的饋還卻是實實在在的。從萬能視角看，生活確也稱得上高雅甚或深刻，因為投入生活，我得以感知自己真正地活著，情感有所著落，方寸之心得以安定。

也許是成長中與北方分明的四季太相習了，自有一種情分，彷彿生活之美與悅樂遊戲的背景裡都有四季風物在。春有百花秋有月，夏有涼風冬有雪。每個季節都個性鮮明地獨立存在，季節相交之際陰晴不定的天氣不容置疑地包裹著我的感官，即有穿衣的煩惱，也有吹到春天第一縷風的心境遼闊與風生水起。我像試圖捕捉食物裡季節氣息的動物，蕨菜的滋味有春天清涼的風和冬天微苦的蘊藏，野草莓珠圓玉潤的滋味堪稱世間美味的巔峰。

等到了端午，又總想有一宗特別的舉行來酬償這佳節，或去江邊踏青、或去森林野餐。即便有了一小把年紀，總還是覺得四季有情，長物可戀。

話休煩絮。自從和茶有了關聯，生活的熱情彷彿全都有了承托之地。這些長物之戀得以怒放的一瞬，就在一場場隨季節風物輪轉的茶會。

我記得外婆家屋檐下，春天一到燕子就飛來做窩，燕子媽媽嘴上銜著小蟲兒飛來飛去，小燕子寶寶理所當然地張大了嘴巴迎接食物。自然與季節的場景就像用不盡的圖片庫，記憶把最值得留住的部分保存下來，等到客人要來喝茶，季節、顏色、材質、器物，似乎隨主題一起不經思考自由地陳列出來。此刻如果可以借莊子作為我的理想，「手之所觸，足之所履」就像「以神遇而不以目視，官知止而神欲行。」好似宇宙中有一隻看不見的手，幫我安排好茶席上的一切。

人生何處不相逢，外婆家屋檐卜的燕子跑到了茶席上，媽媽在廚房忙碌的背影變成了為客人做點心的自己，不論世界變成什麼樣子，生活的本質並沒有變換，AI替我工作未必能讓我感受幸福，在與茶與美相伴的日常之中，或許才能享有真實的幸福滋味。

黃 峰 麗

茶人 空間設計師 花藝師 攝影師 工學碩士
在東京茶空間、日本知名藝廊從事中國茶道教學與推廣活動
出版花藝作品集《壹花壹會》；生活美學書籍《人生整理清單》
日本「食空間コーディネート協會」宴會設計師
曾任《時尚家居》特約攝影師
主理空間「工倉」獲CCTV2《空間榜樣》欄目收錄報道
茶道活動獲日本富士電視台《清晨》欄目介紹

春

茶

會

春季茶會以花香作主題。

從蘇軾的「春宵一刻值千金，花有清香月有陰」開場，用白色和藍色花做裝飾，桌布是淡藍色的亞麻和白色夏布桌旗，花器上放著只有在豐茂的自然中才會生長的苔蘚。枝條挑高以留出空間，子曰：「聖人立象以盡意」，東方美學注重達「意」，像水墨的留白，以實相之外的「虛」來盡其「意」。

迎賓茶是芒果柚花白茶，使得客人入座便如在春天爽朗的氣息之中；接下來是九窨茉莉針王，由花香深入，去感受綠茶芽的冰糖甜；

最後一道是師父葉漢鐘先生親製的東方紅2013，蘭香之內再去探索，是沁入心脾的老茶蜜韻，呼應了《春宵》下一句：「歌管樓台聲細細，鞦韆院落夜沈沈。」

想像客人在回程途中，也能久久籠罩於茶香和詩意的餘韻漣漪。

夏茶會

夏季茶會的時間定在了夏至，這是繡球花正盛的季節。在東京開茶會，我通常會用漢詩來表述意蘊，如果藝術能打通文化壁壘，那麼似乎也不需要更多的語言。

這一次我選了楊萬里的《夏夜追涼》：「竹深樹密蟲鳴處，時有微涼不是風」。暑熱中讓人感受微涼的，往往不是空調的涼風，而是竹林秘境，滴露白花，或是帶著薄荷清涼的古樹普洱。在佈置中用更貼近原始的古樸元素，東方的「意」與「象」，原本是抽象的非再現之美，常常由質樸的不完美來完成。

法國老桌布，粗麻桌旗，老木板，搭配白瓷老點心盒改造的花器，隨意插幾朵繡球與蘭花。迎賓茶是冰涼的草莓東方美人茶；第一道茶是易武的300年古樹生普，生普的清涼感和持久的回韻讓人忘掉暑熱；第二道工夫茶席上是葉漢鐘先生的凹富後2018，奶香夾著梔子花與蘭花香，讓白色花的情境和自然的氣息交融起來，忘記茶，忘記時間，忘記自己。

若以待客之心為初心替代展示自己造美功力的私心，一切都似自然而然，放下、超越、無一物中物盡藏。

對
—
話

/

關琬潼　黃峰麗

由認識你起，就感覺你一直在展現東方美學，那最令你著迷的是什麼？

東方美學以覺知為起點，尊重世間人事物存在的既有價值，不以意義為標準。一棵樹以本來面貌出現，而不以人類定義的樹的樣子來修整。如果美需要用頭腦來控制，那麼美就和我對立起來，變得吃力而很快到達極限。

東方美學向自然學習，也相信自然而然的求美之路，在探索東方美學的路上，好似永遠有新的覺察和驚喜。一朵花觸動了我，也許我會拍照，插到花瓶裡，把這瓶花放到茶席上，感知花和空間的對話。

過程間，我不用苦思冥想，只需單純感知花想要表達的生命力，尊重花和空間一切本來的能量，物和我融為一體，沒有誰要勝過誰，也沒有能量消耗。東方美學給我滋養，讓我在美學之路上沉浸地生活，愉悅地探索。

我感覺在這時代，生活美學的滋養比任何時候也重要，可分享你的想法嗎？

美是情感的表達，對人對物，只有在面對面的情感互換中才得以全面表達。

生活中，美的存在是直接而溫潤又無處不在的。做一餐飯，在超市裡選食材、回到家打開喜歡的音樂，細細料理烹調，拿出喜歡的盤子，整齊地擺好餐具，即便沒有鮮花蠟燭和儀式感，即便是一個人吃飯，也會有被愛包圍的滿滿幸福感。

這時代，如果不刻意讓自己回到與人與物相處的時間，不帶意識地讓自己觸摸身邊實實在在的質感，很容易被虛擬世界淹沒，焦慮和虛無也許會不知覺中佔據了大半的生命。

一般人感覺美學高不可攀，對那些感覺美學不屬於他們的人，你有什麼分享嗎？

把美當作學問，確是感覺艱澀難懂，然而美原本屬於情感的共鳴與表達，所以每個人的審美都值得讚頌，只需要覺察生活裡的每一個心動。比如選一件衣服，一定有只屬於自己的共鳴，也許是一段旅行的記憶、也許是一段情感、也許是不知緣由的基因印記，不要去管因為什麼，覺察和相信自己的心動，獨特的美感就會清晰起來。美不屬於別人的評價，美最重要是聽從心裡自由生長的情感。

你學過的最終也是你生活美學的養分吧！有最憧憬的美學家嗎？

我喜歡把美融化到生活，每天實實在在地實踐著美的人。美學家的日常生活狀態我沒有近距離感受過，不好評價，但在我的生活裡有一些值得我學習的人，比如從小告訴我自然最美的爸爸，把家永遠打掃得簡單整潔的媽媽，一年四季都能從大自然裡做出最美味季節食物的奶奶，永遠穿著白色裙子在河邊洗衣服的外婆。我對於美的理想：簡潔、自然、洗鍊、愛，他們的日常裡都有。我覺得無目的日常之美最美。

創刊的主題是「種籽開花」，於我也是「夢想開花」。由工倉至分享茶美學，可分享夢想開花的過程嗎？如何一步步走過來？好像我會如上大學般為自己定下學習模塊、遊學計劃，你會為自己定下學習目標嗎？

做計劃，我常會和自己 brainstorm 一下，想想這段時間最想做的事，知識和技能是否夠用，還需要學什麼做什麼？但我很容易在執行的途中被其他有趣的事情吸引而令計劃無疾而終。

因為想拍到好看的空間而學空間設計，為了空間更美又學插花，有了好看的花又想去學宴會設計、學做美食，有了好吃的還想自己泡出好茶。很多年與自己相處後不得不放過自己，任由興趣自由生長，再回頭梳理這些事情的關係。梳理下來，發現所有熱情幾乎都能和美學扯上關係。尤其是茶美學，包含我在美學實踐上的所有內容，只是這個過程花了太多時間。我的課題是如何在一段時間集中精力深入一點，希望有一天能和你做得一樣好。

有次朋友問我之前工作室的內裝為什麼可以呈現成那麼理想，我很無奈地說因為我從小很任性，對自己喜歡的事情定要千方百計變成自己想像的樣子。比如設計空間，有時候會花幾天找一個理想的門把手。如果是一個人可以做到的部分，那麼這個折磨的過程也是快樂的；若是跟人合作，那麼難免要花掉溝通成本和時間成本，但是和美相比，承受這些波折好像也沒有那麼困難了。我一直因為任性而被批評，直到那次朋友的肯定才鬆了一口氣，凡事都有兩面吧。

衣 ―

植物染　從自然借來的顏色
以真心與自然做交換　器象
以絲線記下流動的四季　真木千秋

植
物
染

從 自 然 借 來 的 顏 色

以色彩復現和重新理解人們眼中的自然萬物，是千百年來
人們認識自然的方式之一。植物染是從自然的生命中借來
顏色，從植物身上擷取天然的染色原料，經過一系列工序
在織物上進行染色，是古老的手工技藝。

植物染是距今已有二三千年歷史的傳統技藝。在悠長的歲
月中，人們習慣於從植物身上擷取天然的染色原料，《唐
六典》裡便記載道：「凡染大抵以草木而成，有以花葉，
有以莖實，有以根皮，出有方土，採以時月。」而你若仔
細觀察「染」這個字，便會發現古人在造字時已將這古老
技藝悉數傳授：染，從水木，從九——需以草木為材料，
以水為溶液，經多次反復方能在纖維上著色。

以色彩復現和重新理解人們眼中的自然萬物，是千百年來人們認識自然的方式之一。五月煮艾草，六月採茶葉，七月則摘絲瓜葉，亦有薯莨、板藍根、蓼藍、石榴皮⋯⋯新鮮葉子與曬乾後的葉子染色效果不盡相同，且受到諸如水溫、濃度、媒染和面料等因素的共同作用，每一次萃取出的顏色都相當於一期一會。若將這些顏色按年分保存下來，儲成檔案資料，就能以顏色來記憶時光──這是2024年夏天的顏色。

在貴州省黔東南苗族侗族自治州榕江縣，一位叫賴蕾的侗族織娘發現，在不同的溫度和氣候條件下所染出的藍色都會有所不同：「春天因為雨水多，調出來的藍偏綠；夏天的藍偏灰；秋天的藍是藏青藍；冬天的藍偏黃。」於是她分別在春分、清明、谷雨、立夏、小滿等節氣日，染出了24種不同的藍。

這「二十四節氣藍」不僅讓藍染有了第一份色譜，還為天地萬物間的關係與規律做了特別的註解。藍白、淡藍、淡青、海昌藍、藍靛、藏藍、藍紫⋯⋯可從中感受到微妙的色調差異應該是源自東方美學的感性。

人們將植物染的布裁剪縫製成各種物件，帶入生活使用。經過這樣的創作，植物染生出新的生命力，展現了不同的可能，並創造出獨有的美學世界。這一兩個月的採訪裡，像闖入一座未曾造訪的花園，四季的秘密渲染每一根紗線，註腳被織入經緯，標點收在布邊，感受匠人們以染織，將行走的風景轉化為溫潤的美麗。

我們遊走中國及日本的植物染品牌，這些品牌和匠人們對自然的尊重和對傳統的執著，讓一匹布如擁有了語言，說著人們從自然生命中借來顏色的故事。讓植物染從一門技藝昇華為一種精神，也讓這門古老工藝得以一代代存續。

所幸近年來，傳統文化重新得到重視，人們不僅從植物染中認識傳統工藝，同時也驚喜地發現，向自然生命借顏色，還可減少對資源的消耗和對土壤的破壞，熬煮過後的染液殘渣經過分解，還將繼續滋潤腳下的這片土壤和草木。

取於自然，還於自然，正是東方文化道法自然的內核所在。傳統文化和自然美學才能真正地傳續下去。

以真心與自然做交換

器 象

東方之美不需要繁複修飾，而是來自內心的平靜與和諧。
當現代時尚遇到東方禪意，會產生怎樣的火花？

「器象」這個新中式美學服飾品牌會給你答案。

發酵柿子染的
桑蠶絲連衣裙，
非常有層次的顏色和質感，
配搭不同的衣服和飾物，
可營造多樣風格。

「器象」的品牌名稱，源於品牌創辦人喜歡泥土和陶器的質感。而器象所追求的美，同樣根植於5000年的泥土，源自自然：天然生長的棉、麻、蠶絲、羊毛絨等，以及植物生長的色素，進行紡織製衣和手工植物染色，賦予服飾多姿多彩的生命力和詩意。東方人的生活方式都是徐徐展開、不急不亂，是舒緩有序的。而器象就是這樣一個以溫柔的態度暖暖地呈現東方底蘊、自然生長的慢品牌。

創始人長期親近自然，從小玩泥巴、在田間捻花惹草。他回憶起有一天睡在房裡遠遠聞見庭院裡植物氣息，一股清香味伴著春天花香，如熏香，讓人覺得好溫柔。

春天雨水多，植物氣息特別清涼，每每靠近，感覺人心都靜下來，彷彿在吸收植物的氣息……那時，就萌生了要做一個和土地相連、和自然相依的品牌。

器象開發的第一個系列是《植物的信念》。創始人說，一顆小小的種籽，為完成一個約定使命，需要等待漫長時間，才能遇到雨水和土壤，經由努力衝破壁殼、長出嫩芽。越把根往土壤的最深處扎，才能奮力向上吸取充足陽光，長出嫩綠的葉子和嬌艷的花瓣，結成果實。這是他在自然智慧中學到的植物信念，也是創辦器象品牌的信念，和種籽一樣，看似身段柔軟，卻從層層泥濘中以令人驚嘆的力量，長成自己最美的風景。

器象正枝繁葉茂地生長，流轉過春之生機、夏之盛放、秋之絢爛、冬之蕭瑟，在四季的方寸間漫流，在繁華中依然是質樸與脫俗。

器象的服飾大部分都是採用植物染色，這種技法的浸染費時費力，需要雙手的勞作、身體力行的投入。在化學染料普及後，很少有人再有耐心在清水和染液間來回數次為布料著色，也很少有人再願意花心思種植染料植物、照料靛藍染缸，而器象選擇了保留和傳承。

在觀察色差狀況的同時不斷進行調整，需要手藝人的精湛技術。染色者用粗獷的雙手，一層一層在面料上潑墨，呈現斑駁的顏色，正如需要經多年發酵的柿漆染料，打開衣服，如同展開一幅塵封千年的山水畫。

衣服並不只是幾塊面料的拼接，是設計者沉澱多年的文化積累，是車縫師傅勞累的雙眼，和染色師傅在烈日暴曬下才能染就的顏色……

器象追求「適合」的穿衣態度，做日常衣服，追求適度的美，在處理人、衣服和環境關係過程中，達到的一種放鬆又舒服的美，不張揚不用力，一切都剛剛好的樣子。比如桑蠶絲和亞麻的混紡，桑蠶絲輕柔舒適，而亞麻纖維自然又獨具懷舊效果，兩者交疊才有這樣慵懶的觸感，模糊了隨機與精確的界限，反而多了些女性的逸趣。還有像肌理感的羊毛呢，經過對面料高溫等多種工藝進行羊毛縮絨處理，使得羊毛纖維與纖維之間相互勾結、緊密，慢慢變厚，在每根紗線上添加了額外的扭力，才有這樣慵懶的觸感，品質和保暖度也更好。

薯良染的桑蠶絲連衣裙，
重工的褶皺，
穿起來像盛載著空氣。
是穿上會令我
很快樂的衣服。

對 ― 話

器象的每一次主題:「微塵」、「善見」、「讚美」、「山水」、「共生」,也具有東方意境美,這些命名的由來是什麼,又怎麼在服飾和工藝上體現?

器象的主題一直是圍繞著生命、人、自然等設計。「微塵」感嘆我們生命的渺小,只能在人生無邊無際的大海裡隨波逐流,然而可貴的是,我們依然希望緊握生命的羅盤。

「讚美」是我高中時期背誦的穆旦的一首長詩,在歷史長河裡,一個男人、一個父親,腳踩黃泥,肩上背負著家與國的情懷。部分作品用了硬朗、中性的版型,深沉的植物染的柿染黑色,來體現這樣的一個嚴肅、佝僂卻偉岸的父親形象。

「山水」系列的設計想法來源於近些年經常關注的北、南宋的山水畫,尤其是《溪山行旅圖》所蘊含人生的幾層境界。「山水」系列一方面在顏色上,使用柿染黑灰色來呈現山水畫的墨色,同時,運用中國傳統的平裁式的版型。還有東方、西方結合的立裁得到流動感的結構。我們也想借此希望來傳達,東方文化並不僅僅局限於東方。

器象最有名是柿染。你覺得柿染最吸引你的是什麼呢?為什麼會想把它應用在器象的產品上?

目前妨礙植物染色發展最大的問題,是色牢度問題;或者說,是植物的色素和現在代工行業製造的洗衣粉之間的矛盾。柿染的顏色相對來說具有比較良好的色牢度,同時樸素的染色質感是我個人比較喜歡的。

器象的服飾剪裁是從哪些細節體現當代女性審美的?

我會常常告誡自己,要辯證看待古代的文化、工藝,立足東方也要審視、包容非東方的文化差異。就比如旗袍的設計,除了弱化傳統的盤扣特色,同時增加一根細飄帶,增加一些現代感。

這樣的版型設計目的,更多是結合現代感簡約大氣,而不是回歸過去。當下女性,更應該站在當下,呈現時代的女性特色。

器象的設計理念一直是提倡大家積極地活在當下。不止是剪裁,還包含材質、細節、顏色等運用,都緊扣當代女性需求,分享個性化的審美。

服飾美學某種意義是在傳達一種生活方式。每個時代會有各自不同的生活模式,會給人看見一種當代的生活態度。那麼器象想給現代女性傳遞一種怎樣的生活態度呢?

衣服是為自己而穿,每個人也獨一無二,知識、閱歷等也不同。我希望每個人都努力做真實的自己。

東方美學最重要的特質,對你來說是什麼?你是如何結合在設計中?

東方文化最令我著迷的,是人與自然的和諧共處。我們的服飾在材質、植物染色等也是天然、可循環。穿在身上,也可感受那和諧特質。

你覺得東方美學對這個時代的必要原因何在?

我們從小接受東方文化熏陶,也活在道、儒家文化中。重新審視這數千年歷史的東方文化,依然有很多值得我們分享的元素。東方文化提倡「天人合一」、「和諧共處」、「和實生物,同則不斷」等文化思想,無論在人與自然、人與人、不同的社會形態、思想,都有很好的積極意義。東方美學可以是東方文化的拓展和傳播。

假如用一句話來概括,什麼是「美」?如何落實生活中?

美是一種「適合」,適合的人,適合的文化、思想,適合的穿衣。「適合」本身也是形神和諧的體現。我們在日常生活中,要遵循自己的內心,其他一切,即會自然而然了。

服飾是生活的風景

穿什麼是一種語言

無聲地分享

你的內在、美學、生活理念

喜歡簡約的剪裁、質樸的材質

或是擁有設計師思想的設計

穿對的衣服，讓你進入一個狀態

以美的方式，成為行走的風景

告訴他人你是誰

日本織物藝術家真木千秋的草木染圍巾，許多年了，一直給我好好地珍惜。那難以言語的溫暖和感動，源於真木千秋愛大自然和素材的心、手藝人溫暖的手。

第一次和真木千秋邂逅是在台北的「小慢茶室」。那次去台北，就是特別為了她的服飾展。後來，對她深入的認識是在日本著名漆器家赤木明登的書。他說真木千秋「對絲線充滿了深厚愛意。她也給絲線愛著。」

靜聞春聲，草木萌發，和風綠野，百花盛開。每個手藝人的作品都有一個入口，由蜿蜒的小徑通往另一奇妙的世界。

真木千秋是日本手工織物工坊 Maki Textile Studio 的創辦人和主理人，她記錄世界的入口就是染織。以植物的生命之色為染料，以純生羊毛、絲、麻為畫筆，融合自然肌理，精心織製出一件件會呼吸的純手工織品。在柔軟質感中有一種韌性，質樸鈍感中透著純真之美。凡是看過這種織物的人，都會被迷住。

人天生是細膩的感知動物，而大自然的色系在任何時空都能令人自在。千秋老師所有產品的染料都來自植物花草，選取印度的豆科染料、日本本土的蓼藍，還有印度南部的蘇木、茜草、石榴……在擁有更多化學品和機器的今日，要想從植物中提取顏料也不是一件簡單的事。

傳統的提取方式完全依靠手工：將蓼藍的葉子經過100天發酵後製成「蒅（染料成分）」，然後在藍缸中與灰汁及麥麩、石灰、酒等一起發酵。發酵後的泡沫叫藍華，有特別的發酵味，染出的藍色會更深。再將液體徹底蒸發，用力捶打殘留物，使之與空氣充分接觸，形成不同的色彩沉積，從而達到可以染色的狀態。

但有時候花草的生長環境各不相同，出來的顏色也有微妙的差異。千秋老師說：「我從來不糾結非要染成哪種顏色，只要顏色漂亮就行，因為人贏不了自然。」還真是的，粉色與綠色的織線均勻地過渡，清透的色澤在陽光下泛著光。「有時候沒有經典織物參考的時候，我就會把眼光投向窗外，那是一片被打翻了的染色盤，總能給我的靈感照進春光。」千秋的布從不為表現什麼，也不試圖感動誰，她只是坦率地做自己喜歡的東西。

真木千秋走訪了世界各地，就為了找到最適合人類觸感的面料。在冬天達到零下三十多度的高地上，採集帕什米納山羊的原毛，又細又柔軟的羊絨，光用手觸摸一下就能感覺全身被暖陽包裹的溫暖感；在印度山林，尋找當地特有的柞蠶，因為柞蠶絲紡出來的線會有絲的質地、麻的觸感，經過使用會逐漸變的柔軟。

她通過不同的感受去尋找不同的材質，利用生活中的智慧給剛剛出生的小嬰兒用最柔軟的布來包裹身體，到了冬天用更厚重的面料傳遞溫暖，希望通過織品帶給大家一個自在、健康、舒適的狀態。

雖費時費力，但天然的色彩怎麼都看不膩，流動的四季彷彿在一根一根紗線中被封存，並經由雙手的勾勒，織物的每一道絲縷中彷彿充滿了光澤和韌度，擁有力量和來歷。

想起有一次去日本旅行。看到一張畫報：在一片茫茫雪景裡，一位老者穿著藍染布料的棉服在山嶺中慢行……畫面呼應了早年農耕時期農民必備的衣物，冬日降臨時會將側邊開口處添入棉花保暖，夏日回暖時再將其取出，這曾是代代相傳的傳家寶，如今以新的布料質地、藍染技術、剪裁設計再呈現在現代人眼前——最本初質樸的美。當科技不斷影響生活，人有時會忘了感受自然的能力。我們想要慢下來，學習過往，重新發現桃花紅、落葉黃、青草綠、煙波藍……

東方人說繁中求簡，但大部分人並不知道只有來自極繁的工藝和極致的專業，才能做到極簡卻豐富的呈現。看似簡單、樸素的織物，卻包含著真木千秋在四方游走，出走又歸來的真心。

旅
—

心的旅程　滋養自己的一年

滋養自己的一年 心的旅程

文 / 攝 / 關琬潼

部分相片及資料 由Rissai Valley - Ritz Carlton Reserve 提供

滋養自己的一年，由讓身心靈得到歇息的旅程開始。
尋覓美，享受我嚮往的自由。
是去年那一瞬間的想法，以滋養自己為主題，歇息，
好好沉澱，整理生活和工作，再規劃新的一年！

到了一直想去的九寨溝，和冬日如水墨畫般寂靜的景色
在一起。在日賽谷麗思卡爾頓隱世酒店享受低調優雅的
氛圍。當一切也越來越多姿多采，我更嚮往寧靜，
想走向內心，享受全然當下。

九寨溝 寂靜的冬天

許多人愛九寨溝春夏的湖色，我卻更愛那兒的冬天。
濛濛的灰白色，如東方水墨，顏色純粹，大片的留白。
旅客不多，是難得的安靜，言有盡，意無窮。

水墨風景中走到一處見到如寶石般的碧綠湖水。
明亮清澈，泛起層層漣漪。那春夏常見的湖色在
冬日更是珍貴，是上天的饋贈。

旅館的美學課
融於自然 純粹古樸

許多年了，非常重視選旅館，那是我的美學課。我會記下旅館中我喜歡的設計風格、用色、擺設，或是寢室用具、空間的香氣、音樂等，希望可融入家中。

日賽谷麗思卡爾頓隱世酒店是九寨溝的隱世淨土。四周是山脈、遼闊森林及古樸的藏族村莊。酒店由美國知名建築公司WATG打造，室內設計則由印尼傳奇人物 Jaya Ibrahim 的團隊創作，而園林是 John Pettigrew 設計團隊的作品。以九寨溝的靈秀風景及古樸藏式風情為設計靈感，詮釋質樸的藏羌文化。

87幢單幢式別墅，是按藏族傳統建築結構打造。Jaya Ibrahim 是我非常喜歡的室內設計師，住過他設計的杭州安縵法雲和富陽富春山居旅館。藏族是多彩的民族，但在他的創作下，卻是古樸雅致。以木質為主調，配以森林綠、祖母綠及冰藍色，與九寨溝五彩斑斕的湖泊互相輝映，如世外莊園般寧靜平和。

大自然就是最美的藝術品。步入酒店大堂就看到由百年古樹根雕裝置及巨型銅鍋花器組成的藝術品，以傳遞藏族村寨自然純粹的生活場景。近乎沒有人工雕琢的原始木頭，彷彿就是酒店附近的山上拾得而來，天然純粹，帶著大自然的氣息，讓空間與當地自然與生態共存。

Quiet
Luxury

一直喜歡低調優雅、低調奢華的品味。低調在於安靜不張揚，等待你發現然後會心微笑的細節。好像無處不在卻不喧鬧的藝術品；看似質樸卻無一不用心的空間設計；每件擺設看似日常但背後許多的小故事；或微小如放在房間讓你可到陽台時披著保暖那毛毯的質感；浴鹽那沉香的香氣。奢華是在空間；在陽台外遼闊如隱世淨土的自然風光；在無微不至藏語稱作「涅巴」的管家服務。或許在越來越喧鬧的當下，高調太醒目的奢華真的有點吵。你會想放慢，用心欣賞不可言喻、安靜不張揚，不是誰也看到也懂得的內涵和質感，享受低調的奢華也感受內在的寧靜。始終，有閒的心、懂得欣賞真正好物的品味和眼光才是真正的奢華。

如 如
藝 民
廊 藝

低調優雅，
又很貼合我審美的氣質，
也在於那融入民藝和
當地藝術的空間擺設。

民藝

「民藝」是日本思想家、美學家柳宗悦提出的美學概念，指「民眾的工藝」。柳宗悦説的民藝美學，結合實用與美，是美寓於民間藝術中。無名工匠製作的日常用品，純樸質樸，可見常民的日常生活。

民藝與純藝術品不同，民藝是日常生活的工具，由無名之人以大自然資源創作的日常用品，帶平常之美。我上次在大阪，就在大阪中之島美術館看了民藝展《民藝——美存在於生活之中》。在日本東京，也到了柳宗悦辦的民藝館，探索日本傳統工藝之美。

日賽谷旅館內有許多源於民藝的藝術創作、藏族手工藝品，歌頌本土村落的藏族傳統文化。

織畫

顏色是有能量的，印象最深刻的是這幅織畫。以藏族女性做衣服的線編織成的裝置。聽説有客人來了三次，就是想靜靜地看這幅説著許多女性故事，以「邦典」為設計靈感的織畫。
「邦典」是藏族女性腰間彩虹般的圍裙，裝置以藝術角度體現藏族的服裝傳統。「邦」在藏語裡是「懷」，「典」在藏語裡是「墊子」，邦典就是保護懷前的墊子。各地的藏族女裝可謂是千姿百態，但佩戴「邦典」是通用裝飾。

樂器

大堂吧就好像藏族民居的主室。迎接客人的各種活動與儀式就在客廳進行。藏族人喜歡載歌載舞。遠方客人到來時，會彈琴跳舞以示歡迎。西藏的彈撥樂器主要有兩種，扎年琴，俗稱「藏族六弦琴」和「嗶旺琴」。旅館安排客人唱藏族歌、學藏族舞，真切感受當地風土，而樂器成了很美的擺設。

糌粑盒

在許多藏族民俗節慶和宗教活動儀式中，糌粑也必不可少。
藏民習慣將糌粑存放於糌粑盒中，是日常生活用品。

石柱

酒店Rissai Spa門外是由大小不同的石頭層層堆疊起來如人形的石柱,每塊石頭代表靈性及覺悟的不同階段。旅館的人說:「在這裡誠心許願吧。」

經幡

旅館附近的藏族民居,許多多彩的幡旗,是對宇宙聖靈的致敬。五種元素以五種顏色表示:藍色代表天空,白色代表白雲,紅色代表火焰,綠色代表碧水,黃色代表土地。經幡可驅邪避災,寄託人們對美好世界的憧憬和祝福。當五色飛揚,祝願也送到眾生。

動物

人類世界太複雜。
旅途中,有機會就喜歡和動物在一起,好像小鳥、鹿、綿羊、馬……
那只用心不用腦的時刻,非常療癒,可淨化日常生活的疲憊。

心之所想
心之所向

My photographs are never straight reportage, never merely objective.
In them all, I have expressed myself, nothing else.

Andre Kertesz

攝影

眼睛是用來發現美。
攝影教我深刻地觀察：
不是走馬觀花，而是安靜和眼
前的景物在一起，捕捉當下觸
動你的，是視覺日記。

臣服

旅行中獲取的樂趣或許更在於
旅行時的心境，而不是旅行的
目的地本身。
我曾經以我的工作速度、時間
規劃能力而沾沾自喜。旅行時
卻把一切放下，謙卑包容地接
納一切的可能，不做太多計劃
才容許上天去安排此刻你最需
要看見，最需要學習的，而我
也更快樂。
這也是我今年的功課：臣服。

一期一會

旅行時也記著
茶道中的一期一會。
大自然的美是變幻及短暫的。
日常中你常常視而不見，試試
在旅程中活在當下，捕捉大自
然稍縱即逝的美，珍惜當下。

翻讀艾倫狄波頓《旅行的藝術》，那是在2003年，我曾在書的首頁寫下這句話：

「喜歡旅遊，是為了尋找感動心靈的小故事。好想獨個兒在普羅旺斯鄉村小徑間漫步停留。細心凝視老婆婆做媽媽味道美食時的愉悅模樣、做麵包時那溫柔的手，再把回憶寫下畫下，用文字用圖畫記下一切，這地方就屬於我了。」

願望，加上耐性、堅持，就可成真。那時，喜歡料理，數年間，看過碰過無數溫柔的手，也不時自在地漫遊鄉村小店。不同國家的風景縈繞心中，不時提醒我活著是多美好。

此刻，我更想尋覓大自然的美好，以相片記下旅遊口記。旅途中所見的每個片段、每段對話、各種味道、悄然而至的氣味、感覺，也總想好好收藏在心中的回憶盒。

全然隱世的旅行，感受慣常以外的國度，可以換個節奏和角度，讓你從不同的角度看世界、用包容的心等待未知！真正的旅行，最終是讓你走一趟內心之旅。

我的旅程仍然繼續，人生從沒定下來的一刻。或許在下一個遠方前，可在日常生活中融入旅途中發現的自己喜歡的風格，又或以旅行那願意包容和保持好奇心的態度過生活，換一個眼光去關注日常，隨時隨地讓心靈自在自由。

卷四

草木春秋

社會更像是一塊土壤
每個人都像是一粒種籽
可以隨著自己的種類長出獨特的樣子
在屬於自己的春天到來的那一刻
像被感召的種籽一般
爆發出生機與生命力

種籽 在無聲中開花
人間好時節

種
籽

在 無 聲 中 開 花

文 / 又乖

攝 / Uranus Wu 關琬潼

江南的雨下得早，至四月，那雨不知下了幾回。在這個季節，村子的一切都給雨水和陽光交替滋養。油菜花一片接著一片，直到無限遠近。望著田野，腦海裡總是不斷的出現一個畫面：春雨連綿時，雨水浸潤土壤。一個穿白球鞋的小女孩，腳踩一片泥濘，步履輕盈，跳躍著穿過田野，在迎接春天——那是十八年前的我。

我從小跟外婆一起長大。外婆是個很地道的鄉土人，不愛在城市裡待著。高樓間日新月異的變化太快，只有房前屋後田地與魚塘一如四季規律有常，是她安心的存在。

外婆會在陽光未照亮的田野上勞動，心中有自己的早晨，時候到了人會自己醒來。在大地還是一片漆黑時，她心中的天已經悄然亮起，守著同一塊土地翻來覆去。待天亮透，世界的某些地方已經發生變化，一塊地給翻過了，院裡多了一捆乾柴，桌上多了一筐野菜……

有天早晨我被外婆從被窩裡刨出來，拎著竹簍和鏟子一起上山，說是要挖野菜。那時候絕對還在數九寒天，農田都是光禿一片，更不要說山裡，漫山遍野都是荒蕪雜草。「這能挖到東西嗎？野菜長出來了嗎？時候不對吧？」我在心裡嘀咕。

雖然小時候也是挖過野菜的，但那實在是太多年前的事。除了舌尖那點甜，別的早就忘乾淨了。因此只憑淺薄的刻板印象，我認定那是盛春時候發生的事。沒想到，我們真從野草泥蒿間挖出了整簍的薺菜。跟我一起被扔回去的還有幾包網購的種籽，說是水果樹。我既然閒著，就在房前屋後種一種，養活了大家以後回鄉下有水果吃，算我一份功。

我記得小時候外婆教過我數九，從冬至日起，數九個九日，就到了春天。我翻開日曆數了老半天，打算等春天暖和了再開始種樹，可外婆知道以後，當即挖出幾個坑，盯著我撒了水果種籽進去。正是天氣最冷的時候，人尚且凍得離不開暖爐，種籽這時候下地不是凍死了嗎？我很詫異地問外婆，但她說：「自然遠比我們智慧。」

看來種籽要比人敏銳多了，我們還披著棉襖，種籽已經能循著早春的太陽嗅到春天的信號，鑽出泥土。

可是冬眠的種籽是怎麼感知春天的？我心生疑惑，不說種籽，想想自己，也很難說春天是如何被感知到的：從穿了一個季度的冬衣某天在手中突然變得沉重；天色不會在四五點就走入暗淡；下班放課後騎行穿梭過路邊的人群，迎面的風是柔和清新的。

生長與發芽是春日的特權，人也要生長、向前，我們和種籽同樣期待春天。什麼事在春天都好執行，因為這是嶄新循環的序章，我們可有春天的儀式感，這樣就可以獲得春日「萬物復蘇」的祝福，行事如意。

那一年的春天，我每天在鄉下除了挖野菜，就光盯著那塊種水果的空地，研究它是不是凍死了，能不能發出一點芽來。又幻想那從嫩芽到長成樹苗又結滿果實，繼而想了想那個漫長到嚇人的過程，就覺得眼前一黑。不管我怎麼想，反正種籽始終沒有動靜。

外婆大概也嫌我煩，她靠著山水過一輩子，不通文化，說不出道理，但幾時播種，幾時下魚苗，幾時抽塘水，她游刃有餘，心裡自有一桿秤。有天包薺菜餃子的時候她說：「過春要趁早。你還覺得冷，但地裡的野菜已經開始長了，再不吃都老了，春天來得很早。不管什麼天氣，春天依舊會翩翩而來，有些種籽會率先發芽。」

人類天生是能感知季節情緒的：春天輕快美妙，柔和又浪漫；夏天燥動斑斕，熱烈不停歇；秋天溫吞又沉靜，蕭瑟裡亦有收穫；而到了漫長的冬夜，萬物都隨著白晝一起冬眠，唯一渴望的只有溫暖與熱鬧。

我們與四季都命脈相關，這是生命與季節獨有的聯結。但不論身處何時，生長季便是我們種出的春天。造物是奇妙的。我們與植物是兩種生命，但耕耘理想，就如播種發芽，起初只是藏在黑沉沉的泥土裡，在屬於自己的春天到來的那一刻，像被感召的種籽一般，爆發出生機與生命力。

後來再回去探望外婆時，外婆拉著我去看我種的樹苗。誰知道，初春時開始長出白色小花，這時候竟是梨花樹。樹幹雖然細小，看起來有些營養不良，開出的花卻曼妙，搖曳在樹梢，趁著春夜一朵朵生長，路過的每個人都驚嘆兩句。樹下不再是空空如也。最終滿樹梨花隨著盛春長出的葉子而飄落，完成了這一季的使命。

不論你是否播種，總有種籽在迎春發芽。每一年，春天如約而至，即便錯過這季，新的春天到來時，依舊有種籽破土而出。所以要等要忍，一直要到春天來臨，到燦爛降至，到雷霆把他們輕輕放過，到幸福不請自來，才篤定，才坦然。

就像在2023年，人們的堅強和脆弱並行。對於已經過去的一年，我們如實記錄已經有足夠的價值。往後，期待「向好」和「向上」，「種一個屬於自己的春天」，不論在哪季開花，種植本身就是意義。

種籽會在無聲中開花，這是我們和春天不言則明的約定。

人間好時節

文 /
又乖

攝 /
Cherry Zang
Uranus Wu
關琬潼

記得小時候在老家，入春就開始思考吃什麼。忙不迭地把青翠鮮嫩、夾帶著泥土芳香的春季時蔬，送入廚房、擺上餐桌。現在長大了，少了節氣的概念，也不知春天吃野菜，驚蟄吃春筍，清明吃艾餅了。菜市場的大攤小販上，擺著四季不變的蔬菜，生活富足了，韻味卻也消失。

可是日子，還是依著節氣時令慢慢過才有味道。若二月播下種籽，到三四月便可見細小的芽。六月抽苗成長，七月可採摘，八月炎夏收割晾乾。九月初秋，開出小花。十月結籽，細心採收，留作來年生長。大自然長著的，總是有規律和靈性，不該辜負。

立春・萬物初生

日曆翻到二月，院子的泥土開始鬆動了。消融的湖水，初生的新芽，人們的笑聲都彷彿帶著鵝黃色的暖光，充滿生氣。

原本凍得梆硬的巧克力色的泥巴，被暖風解凍後就像充了氣，變得鬆軟而有彈性。走在上面，柔軟的質地使腳掌隔著鞋底也能感覺到大地的回應。那是讓人走著走著就想舞蹈的路。半綠的草地，生長到一半，成簇的綠葉中，粉色的小花正姿態搖曳地開放。這時的風也混著芽苗和泥土的味道。

春天的事物，總是透露著出清、輕、晴的氣質，瀰漫著「一口鮮」的味道。春山野菜是最不能等的，要想吃到最好的，就要翻山遍野地找，趁著生嫩勃發的時候掐出來。往春野深處走，越向陽的泥土迎春越早，挖出青色的蘿蔔洗去春泥，生咬一口都是清脆多汁的香甜味，再煎些春餅，就是自古就有的「咬春」了。古人說，「咬得草根斷，則百事可做」，人立天地，是講究順應時節的。將春生陽氣吃進肚裡，討個新年節的好兆頭。驅一驅冬天的懶怠與寒氣，人動起來，像春天一樣生機勃發。

還有那菜市場裡剛採摘下來的香椿苗，南方田埂上的馬蘭頭和薺菜，數不清的植物帶著春日的生機與清爽，是餐桌上的春色。

驚蟄‧春雷乍動

三月驚蟄，驚蟄古稱「啟蟄」。這天開始，春雷漸響，百蟲蘇醒，昆蟲土下冬眠，睡得好好的被一聲春雷震醒。

小時候時間對我來說過得很慢，但到了這個節氣，開始想像花朵嘭地一聲展開；最讓我興奮的是後院一夜之間頂著青黃色的細穗往外冒的春筍們，好似從冬眠中覺醒，舒展開來。這時候跟隨爺爺，拿著專用小農鋤，梭進竹林挖筍。我們先把筍四周的泥土刨開，直到看見嫩白色的根部，然後鋤頭對準根部，用力一撬，連根挖起。有時候掌握不好力度和方向，可能筍沒挖起，人倒摔了，沾了一身泥。

爺爺說挖筍也要跟著時令走。驚蟄一過，被雷聲驚醒的不止是蟄蟲，還有「潛伏」在土裡的春筍，這時的春筍格外鮮嫩，最嫩最好吃的還真只有這麼幾天。那時候並不理解植物生長與四季更迭的連結，只記得林間挖筍的閒情，和幽幽飄忽著夾帶泥土氣息的清鮮。新鮮的筍子洗淨泥土，剝去筍殼，皮脂白嫩，泛著光澤。越是好食材，料理技巧可越簡單：開水汆燙一下，稍稍拌上點鹽、小米椒或泡椒，入口輕嚼，有韌韌的嚼勁，口感細嫩生脆。

清明‧氣清景明

雨水伴著清明。這個時節是最舒適的，溫涼氣靜，萬物皆顯。寒冷漸退，酷熱遠未到來，柳條青青隨風。各色風箏就那麼輕盈漫舞，明淨的天空劃過不少孩童的生趣。

我的家鄉在山青水秀的德清。陽春時節，有一種特有的「草頭」，能在農村的宅前屋後、田頭路邊找到。把草的嫩頭掐斷，可看到斷層絲絲的白色纖維，很像棉花的纖維，用來做餅，會增添一定的韌性。舊時，是農戶可用來充飢的食材，鮮嫩綿軟中帶淡淡的甜。

小時候，曾親眼見到母親做麥芽塌餅。先用大麥浸水發芽，攤在圓匾內曬乾磨成粉，再去鄉野田埂採摘棉線草，洗淨備用。在米粉中摻入煮熟剁爛的棉線頭，加水適量，揉勻，捏成碗狀粑子，上蒸架蒸。蒸熟取出，再倒入面桶，反復揉壓至米糰子還軟。接著灑入麥芽粉，再揉。這是關鍵的一步。麥芽粉放多了，餅子過軟過塌，影響美觀；放少了，餅子過硬結塊，影響口感。當麥芽粉和米糰子勻至一定程度，再搓成一個個小糰，用雙手掌心壓成圓餅，最後在鐵鍋上，燒文火用菜籽油雙面煎，煎至微焦糯軟並在餅的外層撒上芝麻即可。

麥芽塌餅入口糯甜不膩，還有一股清淡的麥香和草頭氣，清爽鮮明，就像這個季節一樣，是既清且明，充滿著清清亮亮、蓬蓬勃勃的生命力！

小滿‧小得盈滿

小滿時節，向來被譽為「人間最好」，這也是我最喜歡的節氣之一。古籍記載：「小滿，四月中，謂麥之氣。至此方小滿而未熟」。

這個季節是稻禾色彩最豐富的時候，稻穗開始灌漿而變得飽滿，風越過稻田時，掀起一波波青色波浪。先插秧的已結穗，後插秧的還很油綠，稻田便有不同層次如翡翠的綠黃青碧的閃爍交錯。

小滿承載著萬物將盈未盛的狀態，也象徵著事物最鮮活旺盛的時刻。禪宗說，人生最好的境界是花未全開月未圓，一切留有餘地。小得盈滿，真是極好的心境。

卷五

以心觀形

心靈旅程

外在也是心的展現
我們以專題、對談、專欄走一趟心靈美學
邀請生活家、療癒作家
分享以熱愛滋養心靈的方式

香港遺美 ── 攝影之心

素黑 ── 掃地 造美 在生活中看見美好

劉雁 ── 瑜伽之心

邱君豪 ── 爵士樂 情感與美的恣意流動

攝
影
之
心

香 港 遺 美   攝 / 林曉敏

"The real thing about photography is that it brings
you home to yourself, connects you to what fulfills
your deepest longings"

Jan Phillips

記得是2005年，遇到 Jan Phillips 的《 God is at Eye
Level – Photography as a Healing Art 》，說攝影如何
連結內心，如何療癒心靈。讀完後，我在書末記下感
言：「真的好愛攝影，比起用語言，我更喜歡用相片
表現內心。喜歡我相片的人，或許所思所想跟我也有
點相近吧。」

從此，攝影是我寫日記的方式。我把這欄目定為「攝
影之心」！這裡，比起拍攝技巧，我更想知道攝影師
所見所捕捉的，如何反映他們的心思、想法、美學。

一直喜歡林曉敏的專頁「香港遺美」，惜物又真誠。
這次，她選了在大埔碗窰，分享攝影之愛和她對香港
舊物的深情。

關琬潼

對話 / **關琬潼** 林曉敏

攝影於我是寫日記的方式。有時候,看著相片,能重現那刻心情,也見到吸引我的是什麼。你拍攝的相片總是蘊藏許多故事,攝影於你是什麼?

攝影好像一扇扇窗戶,為我開啟不同面向的陌生世界。透過攝影,以光圈快門探索四周,慢慢喜歡上歷史、建築、人文和生態。

「香港遺美」記錄了香港許多消失中的故事,是什麼契機讓你有了開始這個專頁的想法?

「香港遺美」始於2019年,一場無法估計何時完結的疫情來到,社會氣氛低迷,許多老店逐一消逝,許多歷史建築消失。於是在消亡之際,開始了城市記錄。遺美,取唯美的諧音,顧名思義,就是美感先決。「遺」意思是泛指遺忘、遺失、遺棄、遺落,都是失去的東西,但其實「遺」在西周時期的金文,看似一雙手將寶貴物件交給別人,象徵給予、傳承,我想記錄許多前人留給我們的寶貴事物,有形的,無形的。

我很享受拍攝那完全專注當下的感覺,很療癒。攝影之眼也是心之眼,相片可以是與自己、與他人心靈的連結。捕捉舊物之美如何連結你的心?在不同世代間的意義又是什麼?

舊物往往有歲月沉澱之美,而且帶有一份匠心細意,不僅是戀舊,而是崇優。近年有許多年輕人都喜歡舊事物,他們不是追憶從前,而是在舊物中找到新鮮感,是以獵奇的眼光看舊世界。而老年人也不一定保守循舊,他們也很樂意分享。我願記錄舊事物,作為兩個世代的連結,讓他們互相了解對方的世界和價值觀。

你的作品,有瞬間把人帶離當下、療癒人心的攝魂魔法。你如何相輔相成地運用影像與文字,分享感思?

影像和文字都有牽動人心的可能。我自幼喜歡閱讀,喜歡寫作,每一位作家,想必是一位讀者。而影像是一種最簡單的敍述,觀者不一定需要很高學養,不一定是歷史專家、建築學者,即使目不識丁,也可以輕易被影像觸動。

你喜歡閱讀，可分享一本最影響你對美學想法的書嗎？

香樂思《野外香港歲時記》，以香港為家的英國生物學家 G. A. C. Herklots，在香港野外觀察自然生態，於五十年代出版了一本以「歲時記」方式記載香港四季的生態變化，讓我們看到早年的自然風貌。即使二戰時，他曾被囚赤柱，依然仔細觀察監獄中的青竹蛇和小鼠，在困境中仍然保持樂觀。「赤柱被囚期間，我用餅罐養了一條青竹蛇做寵物，我為牠起名Adolf，我把罐放床頭，當男孩女孩來參觀時，都會用小鼠做入場費，後來又送來另一條，我稱牠為Benito，我把牠們放在一塊，卻相處不來，見牠們沒精打彩，我為牠們淋浴，第二天發現都死了，相信是互咬中毒而死，大家太愛Adolf，便又送來一條代替牠，因為是一條小蛇，所以稱牠為Baby Tojo，但由於太細小，所以找不到適當的食物給牠，最後便死了，赤柱青竹蛇雖多，但我只見過一位大塊頭員警被咬。」香港是他一生最喜歡的地方，念茲在茲，於是出版記錄。

攝影與文字創作時，你如何決定捕捉與割捨什麼？如何平衡美學形態與情感展現？

於我而言，文字是加法，除了個人情感、集體回憶、受訪者口述歷史的展現，還要梳理補充許多檔案文件、歷史資料，以讓讀者從不同面向認識事物；而攝影是減法，現實生活中許多鉅細無遺，但不必事事記錄，要依靠攝影時的光圈、景深、構圖，作出取捨。

你拍下許多香港老舊特色建築，作品美中帶落寞，很有日本美學「侘寂」韻味。侘寂美學，如何打動你？

我特別喜歡廢墟攝影，可能是作品帶有侘寂之感的原因。久無人跡，不為人知的隱藏角落，帶有神秘感，讓人想看更多。例如今次的攝影旅程，到了大埔碗窰，明清時期的青花瓷窰址，古代也有繁華的香港工業，但隨著移民遷界而荒廢。在泥土落葉中，仔細一看，瓷器碎片星羅棋佈，散落整個山頭，而沒有一塊碎片是相同的，因為它們的經歷都不同。「時代遍地磚瓦，卻欠這種優雅」，這是歲月凝煉出來的獨特美。

從攝影與文字創作中，讓你感覺回饋最深的是什麼？

讀者的回饋，他們很樂意與我分享在這地方的回憶和經歷，讓我補完許多歷史脈絡和故事空白。始終每一個空間，最重要的是人的生活。

可分享你喜歡的的美學家或攝影師嗎？

美國攝影師Diane Arbus，生於上世紀二十年代的她，從商業攝影轉向到紀實的肖像攝影，專注於拍攝社會的邊緣個體，如精神病患、同性戀者、侏儒症患者、脫衣舞孃等，被定義為「怪胎」的群體。打破攝影者與被攝影者的距離，以攝影挑戰禁忌，混淆正常與不正常，消弭美與醜的邊界，重新定義美。

在這時代，更需要生活日常美的滋養。你在日常柴米油鹽中發現許多美好。美學在你生命的角色是什麼？你是如何培養美感的？

若用攝影術語來說，香港遺美是美感先決的，美麗的事物可引起大眾好奇，難離難捨，更懂珍惜。美感訓練可從日常生活做起，例如日常散步時眈天望地，仔細觀察周遭環境，在平凡中找出不平凡。

美學常給人誤以為是藝術館的事，但其實美就在每天平凡生活中，好像天上的雲、大自然的花草樹木，是屬於所有人的。美，於你是什麼？在美的領域中，你有什麼夢想嗎？

美是很主觀的，每人都有自己個別的喜好，沒有優劣，只有喜歡不喜歡。每個人都有美的感悟力，只要對萬事萬物都保持好奇心。我希望透過記錄香港美好的一面，讓大家更喜歡這個城市，只是一個很純粹的想法。

林 曉 敏

畢業於香港中文大學，中國語言及文學系學士、文化及宗教研究系碩士。於2020年設立「香港遺美 Hong Kong Reminiscence」專頁，著有攝影。散文集《香港遺美：香港老店記錄》，「以照片拾遺，留住留不住」探索城市裡消失中的美學。

在大埔碗窰，我們以相機各自拍攝心眼所見。

我說：「期待揭曉我倆目光所在的相同相異。」

攝 / 林曉敏

攝 / 關琬潼

掃地，造美

在孤獨中看見美好

文／攝　素黑

認識她數年，一直是互相關心的好朋友。不知已多少次的說說笑笑、笑中有淚，我真的想邀請她為《漣漪》寫文章時，我猶豫了⋯⋯雖然她一直跟我說：「你常常不願找我幫忙。」我笑說：「朋友是用來珍惜，不是用來為我做事的。」這次，因為有文字、有美的事不能沒有她，我還是用了很奇怪的方式問她。她說：「你不邀請我，我會嬲你。」

她一直也是這樣的好朋友！謝謝你素黑。

關琬潼

假如人生只能做一件事，我願意是掃地。

每天起床第一件要做的事，是喝好一杯水，然後，把地掃乾淨。

我想做個簡單的人，過美善的生活。人處俗世，要達成這個願景，一點也不簡單。要在複雜的世界裡守持內心的澄明，需要能圓融的修為。你需要一個道場，為自己準備一片淨土。而這片淨土，不在外邊，也在外邊。

清污垢，去雜念，重整思緒，是有修為的人每天都做的基本事。靜心打坐、磬音冥想也許是不錯的法門，但我更喜歡接地氣的方式，譬如，掃地。

掃把是跟我每天在一起的伴侶。吸塵機可以代替嗎？不。吸塵機和掃把是兩種不同的物件。你跟什麼在一起，便會導生什麼情緒和感覺。吸塵機是趕忙的，耗電的，因為摩打聲吵耳，你需要匆忙地完成清潔，關機後才能靜音。掃把可是「巫婆的飛行工具」，它與地板摩擦時，聲音便是催眠術。沙沙，沙沙，重複，重複，十分療癒。

要把地板掃乾淨，需要俯首微觀，逐寸檢視，細看塵垢，清潔的過程本身便是正念修行。細心是這樣練成的，「看見」是這樣修成的。你開始明白，寺廟裡其中一個修行的方式，原是每朝清晨先掃落葉，做好清潔，才開始頌經，吃早飯。

每次出門前，我會用心把地掃好才離開。在外地留宿也如是，打掃好別人的房子才退房是必須的。這是修養，也是修行，是恆常生活要做的事，即使在途上，在異地，也不應間斷。疲累時掃地會精神，難過時掃地可釋懷，失向時掃地能重拾動力，受挫時掃地可請走噩運。地板乾淨了，踏上去的每一步，會有重生的力度。

有一種美叫乾淨，這種美是修行的成果。心清的人擁有乾淨的眼睛，勤於去垢的人過不被習染的生活，而心清，是你藉去垢點滴修成的境界。

有一種美叫心靜。心靜不能向外求，它是從心裡透出靜的修養。打坐好，但很多人無福享受，因為坐著等待靜的降臨，需要漫長的修為，你要先學懂呼吸，練定心觀呼吸，感受呼吸的流動節奏美。呼吸是動態的，這是「動中求靜」、「先定後靜」的修行法門。修行的目的從不在求靜，而是修定，心定自能心清眼亮，一塵不染，看清楚自己，看清楚生命好與壞的本相，然後，慢慢地，心生美善，心靜才正式開始。

掃地的靜態微觀和動態頻率，能助你調節呼吸和心跳，進入催眠頻率的集中和放鬆，從拉動掃把的節奏出發，把地板和心神的塵埃一掃而空。這個動作相當療癒，更重要是，它很美。

掃地的連接點，是地。掃地能接好地氣，養好氣場。地穩則心穩，地淨則心清，你可踏實，走穩、造美，令世界變得美善。地穩心清是造美的前奏。造美有很多方式，而我喜歡的方式，是做修補，還有把被遺棄、遺忘的平凡好東西變成美麗新生命。

工作以外，我經常預留時間做修補事。修補牆，修衣履，修水喉，修家具，能把拾回來的東西改裝使用便最好。舊東西可以很美，翻新後可以更美。我家很多東西都是翻新而成的新作品。譬如幾年前，在海灘撿到一塊沉厚笨重的漂流木，臉上有被風浪洗滌的侘寂美。

好不容易運回家，放在同樣是撿回來、艇家用的小矮凳子上，插一瓶枯葉小枝幹，客廳頓變和風美術館。某天忽然想到，不如把它改造成木凳。把想法告訴了木藝師朋友，他說：「讓我來做吧。」兩星期後，一件令人驚歎的原創藝術品便誕生了，是沒想到可以那麼美的美、坐上去會捨不得起身的那種喜歡。什麼都不說不做，純粹地看著它，已經心滿意足。有一種陶醉，是一個人在藝術館盯著一幅畫，傻呆上半天，心裡盈滿豐足和喜悅。這是美的獨特力量，令人享受單純、單獨的滿足和快樂。

這正是我和家裡的東西朝夕相對的美麗共振頻。我家東西不多，像間空房，隔角處放了幾件「被重生」的小生命，多半是木頭，天天守望著它們，哪裡都不想去了，寧願跟這些「家人」宅家安靜，一起生活有溫度，美麗自足過日子。

心清淨而後造美，這是修養美的境界。有種美是單純的滿足，有種美是不思議的初戀感，有種美是無論發生什麼事，都願意憑創造重建美、發現美。

當你不需要向外尋找熱鬧，被關注感，不再害怕寂寞，更願意關注你和掃把、家具和萬物之間的共振頻，你便步進美的獨有境界，生命驀然開花。

當你把內心的塵埃掃走，腳踏實地重建新生命，化腐朽為美事，便能超越好與壞的對立。心生美感，不只是一種主觀感性，它是歷練而後生的智慧，在你懂得分辨美與醜、好與壞的本相後，選擇朝向美好的那方，心生喜悅。這份美很孤獨，很慈悲，你甚至並不在意別人根本不懂你，因為這份孤獨美是自足的，也是自我完成的。

掃走塵埃，心清眼亮，開始對周邊被遺忘的小生命、小事情、小存在心生美意時，你便不再害怕孤獨，因為在你的孤獨裡有著無量美，等待你去修養和創造。這種美，能量很乾淨，讓你信任自己，在孤獨中看見美好。

素 黑

香港及內地知名療癒師作家，心共振療癒顧問總監、生命管理顧問，首位北京大學社會學系學生成長導師，2021香港書展年度主題「心靈勵志」代表作家。擁有二十年臨床個案療癒經驗，被譽為「療癒天后」、「華語世界首席情感療癒作家」。

瑜
伽
之
心

文 / 攝　劉　雁

劉　雁

旅居法國，雁瑜伽工作室主理人。
KHYF認証整體瑜伽理療師；
KHYF學院認証瑜伽教師；
阿育吠陀理療師。

和她有許多約定，由多年前說辦女性生活瑜伽營，到後來我說想
辦美學平台，邀請她做瑜伽的分享，再說不如找一個小區，辦美
學空間，分享一切滋養生命的美……

多年前為她的「yoga for living」女性瑜伽清邁之旅，設計她的瑜
伽旅程日記，就說想和她一起辦瑜伽生活旅程。

隨她學習了一年一月一次的「蛻變自我瑜伽課」，由理論、呼吸、
體式至阿育吠陀……
也在她「共讀瑜伽經」的群組裡，分享她把瑜伽之美融入生活的
點滴、讀《瑜伽經》的感悟……

此刻，邀請她來《漣漪》，
謝謝你我的好朋友劉雁，
期待我倆的夢，有一天繁花似錦。

關琬潼

2023年末即將迎接新年時，收到來自Shadow的信息：「還記得我跟你說美學手帖的項目嗎？在2024年終於成真了，你有興趣接受我的邀請分享瑜伽及心靈美學嗎？」

「什麼是瑜伽？如果讓你用一句話概括瑜伽，你會說什麼？」

有一位我非常尊敬的瑜伽長者說：他觀察到整個世界，尤其是西方對瑜伽偏向於去發展體育的那個面向。但如果把瑜伽當作身體鍛鍊，那就只是健身房裡諸多身體層面的訓練方式之一。而誕生了瑜伽的亞洲反過來卻在模仿西方的方式。他開玩笑說：「這像給寶寶洗澡，洗完澡後把寶寶丟了，把洗澡水留下來。」

前些日子，有一位瑜伽同修問我：「學瑜伽以來感受最深的一個關鍵詞是什麼？」我脫口而出：「臣服」。但最開始我學習瑜伽的目的是為了健康一點，保持身材，讓自己變美一點。那時各種最時尚的雜誌以及書籍也是這樣來寫瑜伽的。幾乎沒有人談論瑜伽在幾千年前，在帕坦伽利那個時代，在沒有現代醫學與現代解剖學的環境與背景，瑜伽作為印度六派哲學之一，是為了心念而不是為了身體。

今年是我瑜伽之路第二十二年，在經歷多年的人生體驗和生命歷程後，才慢慢領悟到，瑜伽並不僅僅是在瑜伽墊子上的體式，真正的精髓是將相應的哲學觀帶到日常生活。無論是日常工作還是與家人互動，或是任何瑣事，你如何吃、如何行動、如何與朋友溝通等，瑜伽將有關尊重、尊嚴的高形式的哲學帶入生活中。

我希望能把真實生活中衣食住行的美好體驗，以及在我瑜伽教與學之中發生的生命故事分享給更多人，讓那些真誠的瑜伽習練者們不沉迷於瑜伽體式技巧中，而是為生活帶來改變。

幾年前Shadow跟我說，她準備好跟隨我系統研習瑜伽。我說：「做你的瑜伽老師，讓我有好大壓力又有好大動力，但很奇妙的是，我的心說，我準備好了。」她說：「在經歷世事之後，感恩我們還能始終保持一份純真，在真誠與善良面前，任何人都不會無動於衷。」

這十幾年來，我真真切切看到你在瑜伽中的蛻變。這種蛻變是經由瑜伽力量帶來外在和內在的生命昇華，與她一直專注的身心靈美學契合。

瑜伽從身體、心理、靈性
由內而外滋養女性
慈悲、平和、健康的人是美的
相由心生，美似天成

瑜伽不只關注外在，更關注內在。社會通病是關注外在而忽視內在。一些女性甚至以整形方式來讓自己更美。這樣追求完美的外表其實只是一種虛幻，不被內在認可。瑜伽從身體、心理、靈性三方面由內而外滋養女性。慈悲、平和、健康的人是美的。相由心生，美似天成，發於內形於外，感染他人。這是持久的美，遠非單純的外在美可比擬。

瑜伽幫我們通過自然方式，如體式、呼吸控制法、冥想、唱誦等，保持身心和諧。讓我們的外在更美，如皮膚更光潔，眼睛更明亮。

每個人有不同特質、外貌、體型、個性，跟vata（風與空）、pitta（火與水）、kapha（土與水）這三種生命能量有關。瑜伽教授我們認識和接受自己的特質，成為勇敢真實的自己。通過瑜伽，我們學習接受身體本來的樣子，接受身體隨時光流逝的變化。如果你觀察自己十年前的照片，你就會發現你的面容在發生變化。我們尊重身體的變化，接受身體本來的樣子，接受對於自我真正特質的認知，追尋健康和諧的自我。風格始於見到自己的優點，以最好的方式展現潛能。這才是更持久的美。

女性對於美的追求是與生俱來且貫穿一生，如何解讀真正的美，一個女性到老還能明白如何讓自己真正的美，這可是最經典的人生之路呢！

與Shadow的心靈默契始於十五年前。那時我喜歡去香港逛菜市場和花店，也常常去書店翻翻書。在一個午後，我在書店裡被一本書迷住了，坐在書店地板上，一口氣看完了那本書，然後帶著激動甚至是狂喜的心捧著那本書回到深圳。那本書是Shadow寫的《日日是好日》。

從來沒有想過，輕狂的少年時代都從來沒有追星的我，中年時卻體會了那種巨大的熱情。我多次在Shadow的工作室外等候，直到有天她開完工作會議，微笑著向等了一整天的我走來。

那真是一段激情燃燒的歲月，兩三年的時間，我每周去一次香港，天沒亮就出發，最晚的一班地鐵回到深圳也從不覺得累。我自由出入她的各個空間，在她創立的每一家品牌店裡學習。我喜歡呆在那間我眼中整個香港最美、最讓我安心的花與茶的空間裡，我在那裡感受空間美學，作花藝術、美食造型設計……我甚至跟她料理店的廚師學做料理。有時客人會問我，你是店主嗎？員工會問我，你是關小姐的什麼人？

Shadow忙完工作，會過來跟我安靜坐一會，聽我說說話，有時請我品嘗一下她新創作的茶品與甜點。與她談論我的夢想時，她從來沒有跟我說過你要去做什麼、怎麼做，甚至連一句激勵的話都沒有過，她總是淡淡的微笑著傾聽。

有一天她笑眯眯的遞給我一本書《不設防，去做》是講述女性創業的小故事，她說想跟我分享，我明白了她的意思。

後來，我在深圳成立了瑜伽工作室，就是我夢想中的樣子，安靜明媚的陽光，空氣中飄散著美妙的花、茶、咖啡、木頭的香氣，有好吃的食物，還有一群一起研讀《瑜伽經》的同行者。

我有兩個學生，她們本互不相識，直到有一天，她們在敦煌相遇。在交談中她們說自己在一個瑜伽工作室練習，在那裡從美學、精神、身體乃至生活和人生都對她們產生了很大的影響。

再進一步細聊，發現她們的瑜伽老師居然是同一人。當我看到Shadow為《漣漪》寫的這句話：「美好事物的投射就像水面泛起的波紋從內而外，情感程度越深，波動幅度越大，擴圈越多。」心中有種很深的共鳴。我在工作室投入的情感，就彷彿通過漣漪而擴散。很多人來到工作室，都說在這裡不只修習瑜伽，更是感受到美與寧靜，並將這份美好帶入生活中。所以真的，謝謝你，沒有你，一定沒有這麼好的瑜伽工作室和我。

疫情三年把我們隔開，疫情最後一年我來到巴黎生活，期間經歷母親的病重。看著在病床上躺了十幾年已備受煎熬，又因新冠在生死邊緣痛苦掙扎的母親，我陷入一種比面對死亡還絕望的悲傷裡。她發來信息：你想見我的時候就告訴我，任何時候。

整整一個月我感覺沒有力氣見任何人，從香港飛回巴黎，從離開家到香港機場，整個臉和眼睛都是腫的，頭昏沉但靈魂彷彿是飄在天空一樣的幽靈。她發來信息說沒有關係，我去巴黎看你。

我把Shadow與我這十幾年許多重要的談話，都寫在一本筆記本裡。在飛機起飛的前一刻，我翻看到我們以前聊過的一句話：《瑜伽經》就是瑜伽之心，心，即hrdayam。梵文hrdayam有心、靈魂、心臟、精要、極密、真實或神聖的知識之意。心是不會改變的，這給了瑜伽這個永恆的定義和本質，心是一個光明的地方，是無法被摧毀的。

飛機飛上天空時，光投射在我的臉上，我轉頭看向舷窗，看見自己嘴角的微笑。

我的瑜伽導師跟我說，瑜伽練習會讓人變得更敏感，這對萬事萬物的敏感會讓你更加貼近事物的本質與真相，導向清明。在這樣一個越來越科技與人工智能的年代，做一本紙質的手帖，朋友們說你太瘋狂了。

基東在《弦外之音》中引述尼古拉斯·哈洛克的話：「美好的事物，總是在邊緣地帶，完全和美，始終互相矛盾。只有以準備冒險的心，我們才能體驗到美的氣息，而深受感動。」你說：「雖然遇到無數困難，但持續愛著相同的事，做著相同的事。」疫情帶來很多思考，越來越多人真正關注心靈和生命價值的問題。疫情給了我們重要的一課是生命的脆弱，我們可能隨時會死去，失去工作，失去親人；這讓我們思考什麼是真正重要的。

當今社會極力宣傳物質的重要性，當然物質是有用的，但並不是我們的目標。我們需要重新定義成功，那並不是物質層面的，更有意義的是在靈性上的成功，我們有多少實現了靈性使命，實現那些真正有價值的事。從物質到靈性轉化是非常重要的課題。

爵士樂

情感與美的恣意流動

文／相片提供　邱君豪

是在台灣新竹，我好喜歡的旅館，需要忘憂的時候，就在那邊待　晚。在旅館晚餐後，是黑膠爵士樂欣賞夜。溫文爾雅的男生說著爵士樂的故事，如爵士樂百科全書般的分享，雙眼有光，那是我第一次見到君豪。後來和他說起，不如我們來一曲一花，我作花他選曲。花與爵士的遊戲是緣起，此刻他的分享是連結。

我期望，所有在全情投入分享所愛的人，終會給看見和閃閃發光。

關琬潼

跟爵士樂相識如命中注定的一場邂逅⋯⋯

記得高中某年生日，醒來看到桌上放了一張小號手Miles Davis曠世經典《Kind of Blue》的CD，是哥哥送我的驚喜。跟我哥求學時也是聽重金屬搖滾樂的火熱少年，他卻送我一張爵士樂的經典唱片，那時的我，聽不懂爵士樂的神韻和趣味，但卻是跳脫聆聽同溫層的一次巨大進步。

總覺得這張唱片的某些音符和旋律片段，那時已悄悄地住進內心，在心中萌芽，至後來深深愛上，以寫爵士樂、推廣它的美好為志業。

要推廣自由奔放的爵士樂，須透過多元且富有趣味的方式，貼近人們的生活和內心。我始終認為爵士樂不是高高在上、屬於高檔人士聆聽的音樂，而應是屬於生活、能夠無時無刻在身旁的美好。

有人認為爵士樂只單純存在於夜晚的慵懶，我只能說那是爵士樂的其中一個面貌。能夠細分為多達上百種類型的爵士音樂，擁有各式各樣的情緒面貌。你可每天從早播放到晚上、從晴朗和煦的陽光播放到陰雨綿綿的夜晚，從春意盎然的春分播放到寒冷的冬至，也有對應不同季節的爵士樂。

以我的一天為例，早上起床我喜歡聽簡單純粹的鋼琴獨奏，接下來泡一杯手沖咖啡，用咖啡因搭配爵士三重奏提神；中午用餐後，我喜歡放節奏感強烈的咆勃爵士，來面對下午高強度的工作；晚上返家，我用美國西岸的酷派爵士，舒緩一天的疲憊；入睡前，同樣用最簡約的鋼琴獨奏陪我平靜入眠。

對我而言，爵士樂不是刻意曇花一現的美、更不是彰顯自身虛榮品味的美，而是能夠默默地陪伴你走過每個時刻、像知心好友那樣「溫柔而真實」的美。

讓我們放開心胸，去接納這源於黑人所創造的美麗音樂，那樣的美和多元，可打破種族的藩籬、語言的鴻溝。

爵士樂的美，我認為是源自特別的「即興演奏」（Improvisation）。自由奔放的隨興演出，是建立在音樂家的生命經驗中，每次演奏同樣的曲目，也能呈現不一樣的旋律面貌，正因為呈現了音樂家「當下情感的流動」，而人類本來就是情感的動物，所以那會給我們對於音樂的美、一種神奇的共感。

音樂的美學養成需要時間累積，但若找到與你生命頻率相同的「音樂引導者」，會加速這個進程。爵士樂大多是以純演奏為主的音樂形式，透過純音樂演奏，描述和傳遞心中的美。我們可以透過和爵士樂相處，認識一種不用透過言語形式，慢慢用心體會演奏家情感的流動，以及背後的迷人故事。

音樂是流動、有生命的。有的音樂一年四季皆可聽，有的適合在特定時節播放，會更應景更有韻味。爵殺想藉這個機會，跟大家分享富春意的爵士樂，及給你涼意的夏日爵士作品。

【春意爵士】

你對春天的想像是什麼呢？爵殺認為是萬物復甦、百花盛開的生氣萌芽。而最符合以上我想像的畫面，用音樂來完美地「將聽覺視覺化」，是這張由德國唱片公司 ECM Records 發行於1974年的《Red Lanta》，如詩如畫的田園風貌，是爵殺私心認為最「春天」的爵士樂專輯。

這張編制簡單的二重奏，由挪威的薩克斯風國寶Jan Garbarek和美國的鋼琴家Art Lande兩人展開一段樸實卻美麗的「爵式對話」。當飄逸輕柔的長笛、薩克斯風和明亮清脆的琴音彼此唱和，那畫面如鳥語、如花香、更像是兩隻蝴蝶華麗的翩翩起舞。

心中優雅了，眼前的世界也會微風徐徐、花團錦簇。

【夏日爵士】

這張唱片，能為你帶來一絲沁涼的夏日風情。

出生於1968年的德國，身兼鋼琴家、作曲家、爵士歌手的Julia Hülsmann，善於以充滿詩詞意境的編曲，巧妙靈活地演奏出動人旋律和迷人的澄澈音色。1995年她發行專輯《夏日之末》（The End of a Summer），用清新乾淨的美妙旋律，為傳統的爵士鋼琴三重奏賦予新的氣息。

長達將近七分鐘的曲目7 Not the End of the World，低調的音符流動、Julia Hülsman在樂曲結構上有著相當細膩的安排，微妙靈活的樂句呼應、和弦配置、輕鬆自然的鼓擊、悠遊自在的貝斯線條，搭配上流暢無礙的鋼琴獨奏即興演出，構築出美麗的音樂仙境。

Julia Hülsmann這位抒情派的鋼琴家，溫暖窩心的琴音線條呈現女人細膩之心，清脆俐落的音色令人舒爽。

《夏日之末》讓人深陷於紫色晚霞雲彩照映的海灘小屋，窗邊吹來夏末秋初的涼爽微風，沁涼我們內心的喧囂。

爵士殺手 ─ 邱君豪

來自台灣的爵士樂推廣者。2007年創立音樂部落格「爵士殺手Jazz Killer」，簡稱「爵殺」。希望透過音樂和文字，用新一代的溝通方法，牽起樂迷和樂手間的橋樑。曾任職誠品書店唱片部數年，累積音樂知識和聆聽經驗。數十年來為唱片公司撰寫數百篇爵士樂唱片介紹；受國家音樂廳、衛武營的邀請撰寫活動推薦；也與台中爵士音樂節合作，擔任音樂節的志工培訓講師。

*圖片來源與版權為ECM Records所有

An
Invitation

Let's be a Ripple of Bliss . Love . Beauty

生 活 美 學 空 間
Aesthetic Lifestyle Atelier

Create ◎ Curate All Things Beautiful

天地有大美而不言
美無所不在
以「愛生愛 美生美」為理念
尋覓美 分享美 連結美
以品牌創作、藝術、設計
呈現衣食住行之美
以美 滋養生活

Simply Pleasure

創

食

茶

菓

花

衣

Visit us Online for Aesthetic Inspiration

www.al-atelierhk.com

 al_atelier_ Aesthetic Lifestyle Atelier

企劃	關琬潼
主編	生活美學空間
美學創意	關琬潼
排版設計	梁意諾
出版	生活美學空間
合作聯繫	welcome@al-atelierhk.com

文字校對	蜂鳥出版有限公司
	www.hummingpublishing.com
發行	泛華發行代理有限公司
印刷	同興印製有限公司
初版一刷	2024年5月
定價	港幣$168 新台幣$840
國際書號	978-988-76388-9-6

攝影

P. 1 I P.4 - 5 I 8 - 10	關琬潼
封面 I P.2 - 3 I 11	Uranus Wu
P.6 - 7	Cherry Zang
特別鳴謝	Steven Yung